판을 엎어라

판을 엎어라

판을 엎어라

드라마틱한 역전의 승부사 이세돌의 반상 이야기…

● 이세돌 지음 ●

살림

내 바둑에 쉼표는 있었어도 마침표는 없다

아직 한글도 제대로 깨치지 못했던 여섯 살. 그때부터 보았던 바둑판이다. 가로 열아홉 줄, 세로 열아홉 줄. 20년 넘게 보아 온 그 바둑판이다. 바둑판을 가운데 두고 마주 앉은 중국의 창하오 9단도 낯익은 상대다. 모든 게 익숙한 상황이고 사람들도 낯익다. 나는 10대와 20대 시절을 이러한 분위기 속에서 보냈다. 하지만 지금은 이 낯익은 상황 속에서 나만 낯선 사람 같다. 같은 바둑판인데도 다르게 보이고 내 앞에 있는 창하오 9단도 어딘가 다른 느낌이다. 눈에 보이는 것들은 그대로인데 반년 전과는 어딘가 좀 다르다.

프로바둑기사의 소속기관인 한국기원에 휴직계를 내고 내 인생의 전부였던 이 세계를 떠나 있었던 반년 동안 많은 생각을 했고 나의 삶과 초심을 되돌아보았다. 생각을 많이 하다 보니 마음가짐과 태도도 달라졌다. 지금의 느낌은 복귀 후 첫 대국에서 느꼈던 낯섦과는 차원이 달랐다. 당시는 오랜만의 대국이라 적응이 안 되었던 것이라면 지금은 달라진 나 자신에 대한 낯섦이다.

대국을 앞두고 있으면 늘 부담감과 설렘이 뒤섞여 가슴이 두근거렸으며 나는 그 느낌이 항상 좋았다. 특히 중요한 대국일수록, 힘든 상대일수록 떨렸지만 그만큼 더 좋았다. 이 판은 꼭 잡고 말겠다는 의욕이 불끈불끈 솟아올랐던 것이다. 그런데 지금은 의욕에 불타서 흥분하는 것이 아니라 평안한 상태를 유지하고 있다. 어렸을 때부터 내가 좋아서 바둑을 시작했고 바둑판 앞에서는 언제나 즐거웠지만 지금은 그 크기가 훨씬 커졌고 깊이도 깊어졌다.

살얼음판을 걷는 것 같은 긴장감이 감도는 가운데 바둑은 이미 중반을 넘어갔다. 승패도 어느 정도 갈리는 것 같았다. 이제는 내가 승리를 확인받는 일만 남았다. 결국 창하오가 돌을 던졌다. 어제에 이어서 다시 한번 불계승(不計勝). 5전 3선승제의 결승전에서 먼저 두 판을 따낸 순간이었다.

'내가 우승하겠구나.'

아직 한 판을 더 이겨야 하지만 마음속에선 확신이 들었다. 물론 두 판을 먼저 따내고도 내리 세 판을 내줘서 결승전에서 패한 적도 있었다. 그때는 태어나서 처음으로 바둑에 져서 눈물을 흘렸다. 이처럼 한 수에 따라 승패가 뒤엎어질 수도 있으니 누구도 감히 결과를 장담할 수 없는 것이 바둑이다. 하지만 이번 결승전에선 우승 예감이 빗나가지 않았다.

사실 반년의 공백은 결코 짧지 않다. 복직을 결심한 후 내 목표는 6개월 혹은 1년 이내에 예전 수준을 되찾는 것이었다. 그것만으로도 만족할 일이었다. 그런데 복직 후 첫 대회, 그것도 세계대회에서 우승을 했다. 나조차도 감히 상상하지 못했던 일이다. 이 대회에선 운이 많이 따라주었다. 첫 대국에서는 프로바둑기사가 아닌 한국기원 소속 연구생과 상대했는데도 고전을 면치 못하다가 가까스로 역전했고, 중국의 콩지에 9단과의 대국은 정말 운이 좋아서 이겼다고밖에 말할 수 없다. 그러고 보면 중요한 순간마다 승리의 여신은 내게 미소를 지어 보였던 것 같다.

아버지가 이 대국을 봤다면 얼마나 좋아했을지 눈에 선하다. 늘 "우리 막둥이 타이틀 한번 따는 거 봐야 할 텐데……." 하시며 내 걱정이 많았던 아버지였다. 살아생전에 꿈을 이뤄드리지 못한 것이 우승할 때마다 마음을 아프게 한다.

외딴섬 비금도에서 자라며 아버지 손에 이끌려 시작한 바둑인생은 기복이 심했다. 하늘 높은 줄 모르고 치솟기만 할 때도 있었고 바닥을 모르고 끝없이 추락할 때도 있었다. 달갑지 않은 이유로 잠시 쉼표를 찍기도 했다. 그리고 이제 다시 시작이다.

나의 바둑에 쉼표는 있었지만 마침표는 있을 수 없다.

이세돌

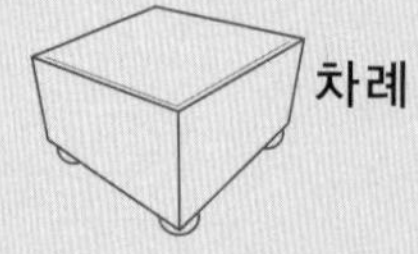 **차례**

제1부 포석

내 삶의 반상에 첫 돌을 놓다

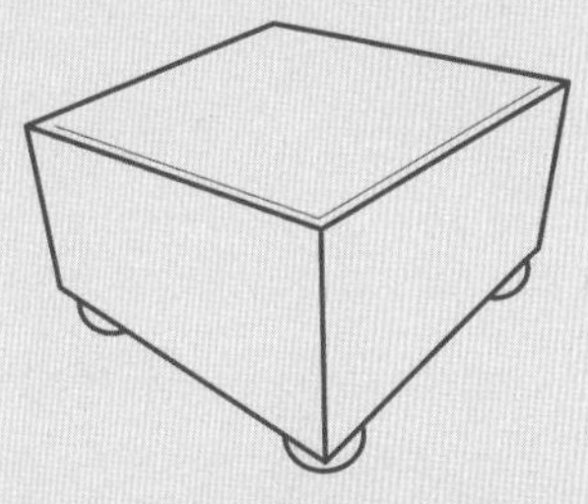

포석(布石) :
바둑에서 중반전이나 집 차지에 유리하도록 초반에 돌을 벌여놓는 것.

내가 알아야 할 모든 것은 아버지에게 배웠다

내가 태어나고 자란 곳은 목포에서 서쪽으로 40킬로미터쯤 떨어진, 전라남도 신안군에 있는 비금도라는 섬이다. 목포에서 배를 타면 두 시간쯤 걸린다. 신안군에는 천 개가 넘는 섬이 있다.

비금도는 신안군 내 섬 중에서도 꽤 큰 편이라 논밭이 넓게 펼쳐져 있다. 대개 섬사람들은 으레 배를 타고 바다에 나가 어업을 할 거라고 생각하지만 비금도에는 농업에 종사하는 사람들이 더 많다. 우리 부모님 역시 논밭에서 일생을 보내셨다.

비금도의 철없는 개구쟁이 어린 시절

내가 자란 고향 집에서 30분 정도 걸어 나가면 바다를 볼 수 있다. 바닷가는 나의 놀이터였는데 아침에 일어나면 둘째 형과 바닷가까지 달리기 시합을 하기도 했다. 한겨울 바닷바람이 매서워도 어김없이 '아침 달리기'를 했는데 가끔은 횡재를 했다. 큼직한 오징어가 파도에 떠밀려 육지까지 올라올 때가 있었던 것이다. 이렇게 운이 좋아 오징어를 줍는 날은 아침상에서 별미를 즐겼다.

농업만으로 다섯 남매를 키우기에는 벌이가 빠듯했기에 부모님은 시간이 나면 야트막한 산에 올라가 모양 좋은 분재를 캐 오곤 했다. 가끔 아버지 혼자 산에 오를 때는 내가 함께 갔는데 그땐 아버지가 애지중지하는 오토바이를 타볼 수 있었다. 아버지와 산에 오르는 것은 늘 즐거웠다. 오토바이를 타는 것도 재미있었지만 무엇보다 산 정상에 올랐을 때의 느낌이 좋았다. 사방을 두르고 있는 논과 밭 그리고 그 너머로 끝도 없이 펼쳐진 푸르른 바다를 보면 마음이 탁 트였다. 그 순간만큼은 내가 세상에서 최고였다.

어릴 때 나는 개구쟁이였다. 가족들 얘기를 들어보면 내가 기억하지도 못하는 말썽들도 꽤 많았다. 한 가지 기억나는 건 다섯 살 때 크게 화상을 입었던 일이다. 방 안에서 뛰어놀다가 그만 뜨거운 개장국 그릇 위에 주저앉은 것이다. 그 바람에 엉덩이를 심하게 데어 몇 달을 고생했다. 지금 같았으면 바로 병원 응급실로 실려 갔겠지만 섬에 제대로 된 의료 시설이 있을 리 없었다. 민간요법으로, 소가죽을 말려서 빻은 가루를 엉덩이에 발랐다. 그 화상 때문에 몇 달 동안은 바로 누워서 잘 수가 없었다.

말썽쟁이에 개구쟁이였지만 부모님은 막내인 나를 늘 귀여워했고 형누나들도 예뻐했다. 내가 바둑 공부를 하러 서울로 올라갈 때, 어머니는 물론이고 둘째 누나도 많이 울었다. 둘째 누나는 나중에 서울에 있는 대학을 가면 나와 같이 지낼 수 있다는 생각에 비금도에서 독하게 공부했다고 한다.

농사철에 시골의 일상이 그렇듯 부모님은 날이 어둑어둑해져서야 지친 몸을 이끌고 집으로 돌아왔다. 저녁을 준비하려고 우물가에서 씻고 있는 부모님 앞에서, 나는 오늘 새로운 춤을 개발했다면서 멋진(?) 댄스를 뽐냈다. 사실 말이 개발이었지 되지도 않는 막춤이었다. 하지만 나에겐 날마다 새로운 춤을 만들어내는 게 재미였고 내 말도 안 되는 춤을 보며 박장대소하는 부모님 얼굴을 보는 게 정말 좋았다. 일곱 살까지는 매일 춤을 추며 놀았으니 요즘 시대라면 아이돌 가수나 댄서를 꿈꿨을지도 모르겠다.

아버지는 워낙 바둑을 좋아했고 또 잘 두었다. 덕분에 우리 다섯 남매 모두 바둑을 둘 줄 알았다. 그중 실력이 출중했던 큰형은 내가 다섯 살 때였으니 10대 초반에 프로바둑기사의 뜻을 품고 바둑 공부를 위해 서울로 올라갔다.

모든 것을 물려주고 가르쳐준 아버지

내 삶에서 지금도 가장 큰 자리를 차지하고 있는 사람은 단연코 아버지다. 아버지에게 많은 것을 물려받았고 많은 것을 배웠다. 남매 중에서 기질이나 성격 면에서 내가 아버지와 가장 많이 닮기도 했고 한글보다 바둑을 먼저 가르친 스승도 아버지였다. 나중에는 나도 서울에 있는 바둑 도장에 들어가 정식으로 배우긴 했지만 나는 이미 비금도에서 나의 바둑 스타일을 완성했고, 그것은 모두 아버지의 도움이 있었기에 가능했다.

아버지는 교육대학교 졸업 후 몇 년간 교편을 잡았지만 여러 사정으로 학교를 그만두고 고향으로 내려와 농사를 지었다. 하지만 아버지의 교육자 기질까지 사라진 것은 아니었다. 섬 아이들을 모아놓고 바둑을 가르치기도 했고, 비금도 고유의 문화, 독특한 사투리와 억양 등을 연구해 사전을 만들겠다며 농사일로 힘들고 바쁜 와중에도 자료를 수집하고 정리했다. 한동안 방치되다시피 했던 문중의 족보를 말끔하게 정리한 주인공도 아버지였다. 어머니한테는 돈 안 되는 것만 한다고 많이 혼나기도 했다.

어떻게 보면 농부에겐 어울리지 않는 고급 취미를 즐긴 셈인데 그만큼 지적 호기심이 강한 사람이었다. 누가 돈 한 푼 주는 것도 아니고, 농사일과 병행하려니 몸도 힘들고, 틈틈이 짬을 내서 해야 하는 일이었지만 아버지는 즐겁게 그 일을 했다. 책장에는 다양한 책들이 빼곡히 꽂혀 있었고 아버지는 매일 밤늦게까지 책을 읽곤 했다.

아버지의 머릿속에는 여러 가지 생각이 함께 존재했다. 다른 일을 하다가도 문득문득 어떤 생각이 떠오르곤 했단다. 어머니 말씀인즉, 한창 일하다 "맞다! 그 말이 있었지!" 하며 사투리 단어 하나를 생각해내고 부리나케 집으로 달려가서 적어놔야 직성이 풀렸다고 한다. 비록 비금도 사투리 사전은 완성되지 못했지만 일을 하면서도 머릿속 한구석엔 관심 분야에 대한 생각이 멈추질 않는 기질은 내가 고스란히 물려받은 것 같다.

조선시대였다면 선비나 학자를 했을 아버지가 농사를 지으려니 그 고생이야 말할 것도 없었다. 한여름 뙤약볕 아래 모자도 없이 일하는 통에 여름이면 아버지는 온몸이 새카맣게 탔고 그러다 보니 얼굴에 주름도 참 많았다. 머리도 일찌감치 희끗희끗해져 내가 일곱 살에 어린이대회에 출전했을 때는 사람들이 아버지와 나를 할아버지와 손자 사이로 착

판을 엎어라

각할 정도였다.

열심히 일했지만 시골에서 농사를 지어봤자 올릴 수 있는 수입은 뻔했고 자식들이 자랄수록 학비 부담도 더 커졌다. 큰형과 큰누나는 외지에 나가 있으니 학비에 생활비까지 대야 했다. 결국 우리 집안의 논밭은 점점 줄어들었고 살림은 더더욱 버거워졌지만 아버지는 내색 한번 하지 않았다. 그러니 어린 내가 집안 형편이 어떤지, 부모님이 얼마나 고생을 많이 하는지 알 리가 없었다. 그냥 '우리 집이 부잣집은 아니구나' 하는 생각이나 어렴풋이 한 게 전부였다.

돌아보면 아버지의 삶에는 편한 날이 하루도 없었던 것 같다. 그렇게 책을 좋아하고 연구하기를 좋아했으니, 편한 환경에서 살았다면 더 많은 일, 더 큰일을 했을 아버지였지만 넉넉지 못한 환경 속에서 당신이 못다 이룬 꿈을 자식들이 이뤄주기를 바랐던 듯하다. 그런 아버지의 마음을 좀 더 헤아렸다면 입단 후에 허송세월하지 않았을 텐데……. 당신 살아생전에 막내가 타이틀 따는 모습을 보고 싶다던 소원을 들어주었을 텐데……. 그 모습을 보여주지 못한 것이 마음에 남아 못내 죄송하다.

실전, 실전, 실전으로 다져진 바둑 실력

아버지는 내가 여섯 살 때쯤 섬 아이들을 우리 집에 모아놓고 바둑을 가르치셨다. 나도 그때 처음 바둑을 접했다. 아버지는 대학 시절에 바로 위 학번 선배에게 바둑의 기초를 배운 후엔 책을 보고 독학했다고 한다. 그렇게 해서 프로바둑기사에게 네 점 정도 놓고 두면 호각지세(互角之勢)였을 바둑 실력이었다. 물론 누군가 아버지의 실력을 그 정도로 평가했다면 당신은 펄쩍 뛰시면서 "내가 나이가 들어서 그렇지. 조금만 젊었어도 두 점이면 거뜬하다고!" 하고 큰소리를 쳤을 것이다.

바둑은 가장 재미있는 놀이

바둑을 배우던 아이들 중 나이도 제일 어리고 낯가림이 심했던 나는 초반엔 형 누나들이 바둑을 배우러 올 시간이 되면 슬그머니 집을 빠져나와 밖을 돌아다녔다. 솔직히 말하자면 바둑판 앞에 앉아 있는 것보다 뛰어노는 게 더 좋았다. 한창 그럴 나이지 않은가. 하지만 한두 달 지나면서부터는 작은누나가 거의 반강제로 나를 눌러 앉히며 다른 아이들이 바둑 두는 모습을 구경이라도 하라고 했다. 처음에는 도대체 뭘 하는 건지도 모르겠고 분위기도 영 어색해서 흥미가 생기질 않았다. 누나 무릎에 앉아 반강제로 바둑 공부를 할 때면 "아, 싫어, 싫어" 하고 몸부림을 치기도 했다.

그런데 어깨너머로 배우는 바둑에 점점 흥미가 돋았다. 처음에는 단수(單手)를 쳐서 상대방의 돌을 따먹는 게 신기하고 재미있었다. 돌 한 점을 따낼 때마다 어찌나 기분이 좋던지. 내 집에서 벌어진 상황이라 집에는 전혀 도움이 안 되는데도 어떻게든 돌을 따내야 직성이 풀리곤 했다. 하지만 시간이 지나면서는 내 돌로 바둑판을 둘러싸서 집을 만드는 것에도 조금씩 재미가 붙었다.

나중에는 작은누나가 억지로 붙잡아 놓지 않아도 바둑을 배우던 형 누나들과 어울려서 바둑을 두기 시작했다. 부모님은 잠시도 가만있질 못하던 개구쟁이가 꿈쩍도 않고 세 판, 네 판, 바둑을 두니 신기하기만 했다고 한다. 지금 내가 생각해도 그렇다. 내가 쉬지 않고 서너 판을 두니, 나를 안고 있던 누나가 허벅지도 아프고 지루해서 몸을 움직일라치면 어김없이 아버지의 불호령이 떨어졌다.

"왜 애 바둑 두는데 방해하고 그래!"

누나는 그렇게 바둑을 열심히 두는 막내가 좀 야속했을 것 같기도 하다.

시작은 늦었지만 금세 한 명, 두 명, 나보다 일찍 시작한 형 누나들을 앞서 나가기 시작했다. 그때 같이 바둑을 배우던 사람들 중에서 가장 높은 급수였던 둘째 형을 이기는 데까지는 몇 달이 채 걸리지 않았다. 내가 둘째 형을 이기는 걸 보고 아버지는 나를 제대로 가르쳐 봐야겠다고 확신을 가졌던 모양이다.

그렇다고 해도 집에 내 수준에 맞는 바둑 교재는 거의 없었다. 집에 있었던 바둑 책은 『기경중묘(碁經衆妙)』나 『현현기경(玄玄棋經)』과 같은 고전 사활집(死活集)들이라 너무 어려웠다. 외딴섬에서 딱히 기보(棋譜)를 구할 방법도 없었다. 인터넷은 고사하고 당시 비금도엔 팩스나 컴퓨터도 없었다. 서울에 있었다면, 그래서 어렸을 때부터 도장 같은 곳에서 바둑을 배웠다면 기보를 접할 기회가 많았을 것이고 교육도 기보 위주로 이루어졌을 것이다.

외딴섬에 사는 나의 바둑 교재는 매달 받아 보던 「월간 바둑」이 전부였다. 공부라고 해봤자 그 잡지에 실린 기보를 놓아보는 정도가 전부였고 주로 실전을 통해서 바둑을 배워나갔다. 처음에는 둘째 형과 자주 두었고 실력이 좀 더 늘어서는 작은누나와도 많이 두었다. 하지만 형과 누나, 모두 학교에 다녔고 농사일도 거들어야 했기 때문에 내 바둑 상대가 되어줄 시간이 많지는 않았다. 그러다 보니 실전 상대는 주로 아버지였다. 농번기에 아버지마저 바빠서 바둑 상대가 되어줄 수 없을 때는 월간지에 나온 기보를 놓아보거나 혼자서 흑백을 다 잡고 바둑을 두기도했다. 그러다가 좀이 쑤시면 바깥으로 나와 마당이며 텃밭을 누비고 다니면서 놀 거리를 찾곤 했다.

집터가 1,000평 쯤 되는 너른 땅이라서 집 주위에는 화단과 텃밭이 자리 잡고 있었다. 나비, 잠자리, 벌, 개미, 지렁이, 달팽이, 메뚜기, 개구리 등 온갖 자잘한 곤충이며 동물들이 지천이었다. 이곳저곳 뒤져보면 딱지, 병따개, 구슬, 플라스틱 조각 같은 놀 거리도 널려 있었다. 바둑을 알기 전에는 해 지는 줄도 모르고 밖에서 놀았지만 바둑에 재미를 붙이고 나서는 밖에선 잠깐 바람만 쐬고 다시 바둑판 앞에 앉았다. 누가 시킨 것도 아니었는데 말이다. 바둑은 내게 가장 재미있는 놀이가 되었고 승부욕을 자극시키는 흥미진진한 게임이 되었다.

여섯 살 때는 바둑의 기초를 배웠고, 일곱 살 때부터는 '사활(死活)'을 주로 배웠다. 고전 사활집을 풀 만큼 실력이 늘자 아버지는 바둑판 네 귀퉁이에 묘수(妙手)풀이를 서너 개 놓고 밖에 나갔다. 그러고는 일을 하거나 책을 보다가 '이쯤 되면 다 풀었겠지?' 싶을 때 결과를 보러 왔다. 아직 다 풀지 못했다고 해서 야단을 친 적은 없었지만 틀리면 어김없이 불호령이 떨어졌다. 아버지는 빨리 푸는 것보다 정확하게 푸는 게 더 중요하므로 '수(手)읽기'를 할 시간은 필요한 만큼 충분히 가지라고 했다. 그래서 쉬운 문제라도 두 번, 세 번, 다시 확인하곤 했다.

그런 식으로 가장 어려운 수준의 바둑책인 『발양론(發陽論)』까지 다 마치고 난 다음에는 다시 첫 단계인 『기경중묘』로 되돌아가서 『발양론』까지 끝냈다. 이렇게 같은 코스를 몇 번을 되풀이하면서 고전 사활집을 마스터했다. 나중에는 문제만 척 보면 답이 술술 나올 정도였다. 좀 더 다양한 사활집으로 더 많은 문제를 풀었다면 어땠을까 싶긴 하지만 엄선된 문제들을 여러 번 되풀이해서 푸는 것도 사활의 기초나 감각을 확실히 다지는 데는 좋은 방법이라고 생각한다.

바둑 덕분에 산수는 일찍 깨쳤고, 여섯 살 때는 이미 곱셈까지 했다. 바둑을 두려면 집계산은 필수다. 집을 하나하나 세려면 시간이 너무 많이 걸리니 '5, 10, 15' 이런 식으로 계산하게 마련이다. 그러다 보면 아무래도 곱셈까지는 자연스럽게 익히게 된다. 초등학교에 다닐 때는 선생님이 나한테 산수 시험 채점을 맡기신 적도 있었다. "이세돌은 어렸을 때부터 천재 소년이었네" 하고 확대 해석할 사람을 위해 미리 말하자면, 한글은 여덟 살이 되어서야 겨우 깨쳤다.

제1부 포석(布石) 내 삶의 반상에 첫 돌을 놓다

일곱 살 섬 꼬마, 프로바둑기사의 꿈을 품다

아버지의 바둑 실력이 워낙 좋았기 때문에 어릴 때는 아버지에게 배우는 것만으로도 충분했다. 처음에는 아버지에게 서너 점을 놓고 바둑을 두었다. 하지만 여덟 살에서 아홉 살로 넘어갈 때쯤에는 실력이 역전되었다. 아버지는 연세가 있어서 바둑을 둘 때 수읽기에서 착각이나 실수를 자주 했지만 그래도 이론만큼은 탄탄했다. 그래서 실력이 역전된 뒤에도 복기(復棋)할 때는 여러 가지를 꼼꼼하게 지적했다.

특히 포석(布石)이 약했던 나는 초반에 대한 지적을 많이 받았다. 중반 전투나 수상전(手相戰) 때는 신중하게 수를 읽지 않고 손이 먼저 나가는 성급함 때문에 완착(緩着)을 하는 습관도 문제점이라고 했다. 평소에는 자상하고 농담도 잘하는 아버지였지만 바둑 공부를 할 때는 전혀 다른 사람처럼 엄했다. 그래서 바둑을 두거나 복기할 때는 늘 긴장하고 집중했다. 그때만큼은 아버지가 아니라 호랑이 선생님이었다.

나의 첫 우상, 조훈현 9단

1989년, 처음으로 생긴 세계바둑대회인 제1회 응씨배 결승에서 조훈현 9단은 중국의 네웨이핑 9단과 결승전을 벌였다. 응씨배는 대만 재벌이었던 고 응창기 씨가 최고 우승상금을 걸고 1988년 창설한 세계기전으로 4년 주기로 개최되며 바둑 올림픽이라고도 한다. 이 대국에서 조훈현 9단은 마지막 대국까지 가는 접전 끝에, 네웨이핑 9단을 불계승으로 꺾고 초대 우승을 차지했다. 조훈현 9단의 모습은 나의 삶을 바꿔놓은 결정적인 계기가 되었으며, 그전까지 바둑은 그저 재미난 놀이에 불과했지만 그때 처음으로 프로바둑기사가 되고 싶다고 생각했다.

서울에 올라간 큰형도 아직 프로바둑기사로 입단을 못했을 때였다. 나보다 나이 많은 사람들을 곧잘 이겼다곤 하지만 그것은 비금도라는 작은 섬 안에서의 얘기였다. 그러니 내가 바둑을 잘 둬봤자 얼마나 잘 뒀겠으며 바둑에 대해서 아는 게 뭐가 있었겠는가.

하지만 조훈현 9단의 우승을 보면서, 그저 배우는 것 이상의 무언가가 바둑 안에 있다는 것을 어린 나이에도 어렴풋이 느낄 수 있었다. 나

제1부 포석(布石) 내 삶의 반상에 첫 돌을 놓다

의 마음속에 프로바둑기사에 대한 꿈이 없었다면 아버지가 나를 서울로 유학 보내려고 했을 때 무섭고 싫은 마음이 커서 마다했을지도 모른다.

그때부터 나의 우상이자 롤모델은 조훈현 9단이 되었다. 그렇다고 그분의 바둑 스타일을 따라 하려고 노력한 건 아니었다. 내게는 과분하게도, 내 바둑 스타일이 조훈현 9단과 비슷하다고 평가하는 사람들이 있긴 하다. 하지만 내가 조훈현 9단의 기보를 연구하거나 따라 한 결과가 아니라, 자연스럽게 그분의 스타일이 내 스타일과 맞아떨어졌다고 보는 편이 옳을 것이다.

아무튼 그 무렵 아버지도 내 문제로 고민이 많았던 듯하다. 이미 큰형은 서울에서 바둑을 배우고 있던 상황이었다. 나중에 듣기로는 내가 일곱 살 때부터 아버지의 고민이 시작되었고 여덟 살 때는 그 고민이 절정에 달했다고 한다. 유학을 보낼 건지 말 건지에 대한 고민이 최우선이었을 것이고, 유학을 결정한 후엔 어디로 보낼지, 준비는 어떻게 해야 할지, 돈은 또 어떻게 마련해야 할지 등 현실적인 문제들이 줄을 이었을 것이다.

다행히 내가 여덟 살 때 당시 열여섯 살이던 큰형이 프로바둑기사로 입단에 성공했다. 큰형이 입단하기 전에는 큰형도 공부하는 입장이었으니 나를 돌봐 주기 힘들었고, 넉넉지 못한 형편에 육지에 나가 있는 형이며 누나의 공부 비용을 대는 것도 부모님에겐 벅찬 일이었다. 하지만 큰형의 입단 덕분에 수입이 생기면서 내가 올라가도 큰형이 나를 돌볼 수 있는 위치가 되었다.

반쪽짜리 초등학교 생활

나이가 들어 초등학교에 입학은 했지만 나는 오전 수업만 하고 집으로 돌아와서 바둑 공부를 계속했다. 당시 학교에서 그렇게 배려한 것은 파격적이었다. 나 역시도 바둑을 좋아했기 때문에 그런 생활이 나쁘진 않았다. 하지만 가끔은 다른 또래 친구들처럼 학교에 가서 맘껏 뛰놀고 싶은 생각이 들 때도 있었다. 아무리 바둑에 푹 빠져 있어도 여전히 철없는 개구쟁이 여덟 살 아이였으니 말이다.

한번은 큰누나가 방학이 되어 집으로 내려왔을 때의 일이다. 집에서 학교에 가려면 대중교통 편이 없어서 30~40분 거리를 걸어가야 했다. 큰누나가 나를 데리러 학교로 오는 동안, 나는 오전 수업을 끝내고 책가방을 둘러멘 채 오랜만에 운동장에서 아이들과 뛰어놀고 있었다. 하지만 곧 오후 수업이 시작되어 아이들은 교실로 돌아갔고, 아이들이 모두 사라진 운동장에서 혼자 그네를 타며 누나를 기다렸다. 잠시 후 누나 얼굴을 보고는 풀이 죽어서 괜히 투정을 부렸다.

"나도 애들이랑 어울려서 놀고 싶은데……."

하지만 그런 생각도 가끔 들 뿐이었다. 무엇보다 바둑이 제일 좋았기 때문에 평범하지 않은 생활을 하는 것이 싫지 않았다. 그 무렵부터 '나는 뭔가 다른 생활을 하고 있구나' 하는 생각을 분명하게 하였던 것 같다. 사실 그게 좋기도 했다. 내가 뭔가 특별한 존재인가 싶어 가끔은 어린 마음에 우쭐하기도 했다.

아버지는 내가 초등학교 1학년 때 서울로 바둑 유학을 보내기로 마음을 굳혔고, 이듬해부터는 "너는 바둑 공부하러 서울로 올라가야 한다"고 자주 말했다.

내가 서울에 올라갈 무렵에는 이미 프로와 세 점 바둑을 둘 수 있는 실력이어서 대등하게 겨룰 수 있었다. 시골에서 아버지 혼자서 아들을 가르쳐서 그 정도 실력까지 올라간 경우는 거의 없었다.

나를 서울로 올려 보내기로 결정한 후에는 어느 도장에 보낼 것인가 하는 문제도 큰 고민거리였다. 결국 서울에 올라가기 6개월 전에 권갑용 사범님의 도장에 들어가기로 결정했다. 당시 권갑용 사범님의 도장은 허장회 사범님의 도장과 함께 바둑계의 양대 산맥을 이루고 있던 최고의 도장이었다. 최철한 9단, 강동윤 9단, 원성진 9단 등 기라성 같은 기사들이 이 도장 출신이었고, 2009년에 이미 43명의 프로바둑기사가 배출되었으며, 모두를 합하면 200단이 넘을 정도였다.

물론 지금은 도장의 숫자도 늘어나고 좋은 도장도 많아서 어느 도장이 단연 최고라고 말할 수는 없다. 그래도 권갑용 사범님의 도장은 여전히 최고의 자리에 있다. 역사는 무시할 수 없는 것이다. 아버지께서 나를 두 도장 중 한 곳에 보내야 한다고 생각하던 차에 마침 큰형이 권갑용 바둑 도장의 사범으로 들어가게 되었다. 그러니 아버지로서는 그쪽에 맡기는 게 마음이 놓였을 것이다. 결국 나는 아홉 살의 끝 무렵, 서울로 올라갔다.

제1부 포석(布石) 내 삶의 반상에 첫 돌을 놓다

섬 바둑이 세상과 만나다

아버지는 나를 초등학교 1학년 때부터 어린이대회에 출전시켰다. 큰형을 어린이대회에 출전시켰을 때는 아버지도 별로 자신이 없었다고 한다. 외딴섬에서 바둑을 배운 형이 서울에서 공부하는 애들과 겨룰 실력이 될지 걱정이 앞섰던 것이다. 그런데 막상 대회에서 형이 좋은 성적을 거두자 '할 수 있구나' 하는 확신이 섰고 얼마 후 서울의 도장으로 유학을 보냈다.

그래서 내가 초등학교에 들어가고 난 후부터 아버지는 적극적으로 어린이대회에 나를 데리고 다녔다. 막내아들도 프로바둑기사의 길을 걷게 하겠다는 생각을 하면서 내 실력이 어느 정도인지도 궁금했던 것이다. 또 대회를 통해 경험을 쌓는 게 바둑 실력에도 도움이 될 거라고 판단했던 것이다. 나 역시 늘 비금도에서만 바둑을 두다가 전국에서 모여든 또래 친구들과 바둑을 둔다는 게 낯설면서도 신기했다.

요구르트와 김밥 소시지

도시에서 열리는 대회에 나가는 일은 가난한 시골 살림에 만만한 일이 아니었다. 며칠씩 머물러야 할 때도 있었으니 숙박비도 부담이었고, 시합 때만큼은 먹고 싶은 거 다 먹으라며 돈을 아끼지 않으셨으니 식비 지출도 컸다. 그때는 중국집에서 먹던 짬뽕이 어찌 그리 맛있었던지 지금도 잊을 수 없다. 슈퍼마켓에 들르면 먹고 싶은 만큼 고르라는 아버지의 말에 언제나 요구르트와 굵은 김밥용 소시지를 잔뜩 집어 들었고 숙소에 돌아가서는 응원하러 온 큰누나와 배가 터지도록 먹었다.

먹는 것만이 아니었다. 서울에서 개최된 대회에 출전할 때는 옷도 장만했다. 우리 남매들은 늘 친척들이 입던 옷을 물려 입었던지라 나는 새 옷 한 벌을 얻고는 뛸 듯이 기뻐했다. 내가 옷을 고르는 동안 아버지도 점퍼 한 벌이 있으면 좋겠다며 가게에 있는 옷들을 들춰보곤 했지만 사지는 않았다. 그러면서도 나에겐 내 키만 한 곰인형까지 안겨주었다.

사실 대회 출전할 때 지출한 돈은 다 빚이었다. 빚을 내서 대회에 나갔다가 상금을 받으면 그걸로 빚을 갚는 식이었다. 동네 사람들은 쓸데

없이 돈 버린다면서 혀를 끌끌 찼다고 한다. 재능이 있고 길이 보인다고 생각하면 무슨 수를 써서라도 뒷바라지를 하겠다는 아버지의 굳은 의지가 없었다면, 내 바둑은 비금도에서 일찌감치 좋은 취미쯤으로 끝이 났을 것이다.

예전에는 우리 집에도 논이 제법 있어서 추수 때는 창고에 쌀가마니가 가득 쌓여 있었다. 그런데 자식들을 객지로 보내 공부시키려니 농사만으로는 감당이 되질 않았다. 덕분에 논은 점점 줄어들었고 나중에는 과수원과 밭까지 팔아야 했다. 자식들이 커갈수록 우리 집 땅은 더 작아졌지만, 아버지는 자식들의 꿈을 경제 형편 때문에 좌절시키지 않으셨고 힘들다는 내색도 절대 하지 않았다.

내가 1학년 때 어린이대회에서 2부 리그에 해당하는 을조에 나가 우승을 하고, 2학년 때는 1부 리그인 갑조에서 우승을 차지하자 아버지도 내가 충분히 가능성이 있다고 믿었던 것이다.

엄한 아버지

초등학교 2학년, 오리온배 어린이바둑대회에 참가했을 때의 일이다. 물론 그때도 빚을 내 대회에 나갔다. 그런데 어이없게 첫 대국에서 탈락하고 말았다. 최선을 다하지 않고 대책 없이 빨리 두었던 것이다. 결국 대국이 시작된 지 얼마 되지도 않아서 지고 말았다. 이미 다른 대회에서 우승한 전력이 있었고 이 대회에서는 우승하고도 남을 실력이었지만 내가 성의 없이 두는 바람에 첫 대국에서 보기 좋게 탈락했다.

아버지 입장에서는 황당할 노릇이었다. 실력이 부족해서 졌으면 어쩔 수 없지만 누가 봐도 성의 없이 빨리빨리 두는 바람에 진 것이었다. 아버지는 내가 생각해도 맞을 만하다 싶을 정도로 잘못할 때만 매를 들었는데 그때 처음이자 마지막으로 눈물 나게 맞았다. 그때만큼 아버지가 무서웠던 때도 없었던 것 같다.

나는 초코파이를 무척 좋아했었는데 매를 맞기 전 아버지는 초코파이를 주었다.

"일단 먹어라. 맞을 때 맞더라도 일단 먹고 맞아야 하지 않겠냐."

초코파이를 손에 들긴 했지만 이제 곧 맞을 생각을 하니 무서웠다. 하지만 맞는 건 맞는 거고 벌벌 떨면서도 초코파이를 다 먹었다. 그러고 나서 매타작이 시작됐는데 어린 나이였지만 내가 왜 맞고 있는지 분명히 이해할 수 있었다.

'그래. 그렇게 성의 없이 바둑을 뒀으니까. 최선을 다하지 않았으니까. 맞을 짓을 했으니까 맞는 거지.'

너무나 아팠지만 억울하다는 마음은 들지 않았다.

　지금도 기억에 남을 만큼 매를 맞은 기억은 평생 두세 번인데 매를 든 사람은 아버지와 사범님이었다. 맞을 때는 아팠지만 마음을 아프게 한 것은 아니었기에 그분들의 사랑을 느낄 수 있었다. 확실히 내가 생각해도 미쳤다 싶을 만큼 잘못을 저질렀던 일들이었고 호되게 맞을 만한 이유가 있었다. 아무리 철없는 개구쟁이였어도 스스로 혼날 행동을 해서 매를 맞는 거라는 사실은 알고 있었다. 잘못한 일을 오랫동안 마음에 담아 둔 채 내내 시달리느니 제대로 혼쭐이 나고 뼈저리게 반성하는 편이 더 낫다는 생각도 들었다.

개구쟁이 꼬마 기사의 객지 생활

열 살 때 권갑용 사범님의 도장에 들어가면서 서울 생활이 시작되었다. 어린 나이에 부모님 곁을 떠나 객지에서 생활하는 게 만만치 않았다. 그나마 도장에 큰형이 있어서 든든했지만 적응하는 데 시간이 걸렸다. 나는 도장에 있는 제자 중 가장 멀리에서 온 사람일 만큼 시골 출신이라 서울 생활이 낯설었던 데다가 객지 생활을 하기엔 너무 어렸다. 또래 친구도 있고 더 어린 동생들도 있었지만 실력 차이가 커서 같이 어울려 배울 기회는 없었다.

형과 누나들의 틈바구니 속에서

내가 도장에서 같이 공부하고 대국하는 사람들은 형이나 누나였다.

제1부 포석(布石) 내 삶의 반상에 첫 돌을 놓다

도장 기숙사에서 함께 지냈던 아이들은 한 살부터 많게는 네 살까지 차이가 났다. 누님뻘 되는 사람들도 있었는데 한 명은 여덟 살, 다른 한 명은 열 살이 많았다. 한 살이 많든 열 살이 많든 나에겐 모두 형이고 누나였고, 그러다 보니 또래 친구가 거의 없었다.

도장 생활은 바둑으로 시작해서 바둑으로 끝났다. 도장 바로 옆에 있는 기숙사에서 아침을 먹고 도장에 나가서 바둑 공부를 하다가 점심을 먹고 다시 공부를 하거나 운동을 했고, 저녁을 먹고 나서 기숙사에 돌아오는 게 일과였다. 초등학교는 나가질 않았고 아침부터 저녁까지 도장에서 나보다 나이 많은 사람들과 바둑 공부만 했다.

당시엔 일단 프로 입단이 목표여서 학업은 입단한 후에 해도 된다고 생각했다. 그러나 프로바둑기사 입단 목표는 결코 쉬운 일이 아니었다. 판사 임용은 1년에 100여 명이나 되지만 프로바둑기사는 고작 몇 명만 뽑을 정도로 하늘의 별 따기에 가깝다.

그때 내 나이 열 살, 초등학교 3학년이었다. 학교에서 친구들과 뛰어놀고 얘기하고 장난치고 싶을 나이다. 도장의 형과 누나들은 나에게 잘 대해줬지만 그래도 나보다 나이가 많으니 예의도 차려야 하고 말 한마디도 가려서 할 수밖에 없었다. 물론 그렇다고 내가 얌전해진 것은 아니었다. 도장에서는 어마어마하게 말썽을 부리며 쿵쾅쿵쾅 뛰어다녔고,

판을 엎어라

천하에 둘도 없는 개구쟁이여서 혼나기도 많이 혼났다.

공부가 잘 안 되면 근처에 있는 전자오락실에 가기도 했다. 딴짓하는 셈이니 혼날 일일 수도 있지만 몰래 다니지는 않았다. 당시 '1945'나 '라이덴' 같은 게임이 유행이었다. 비행기에서 폭탄을 발사해 적 비행기를 격추시키는 단순한 게임이었는데 처음 보는 전자오락기가 무척 신기했었다. 한 판을 하려면 100원이 드는데 1만 원이나 쓴 날도 있었다. 또래 친구가 없으니 가끔 전자오락실에 들락거리는 건 바둑을 빼면 거의 유일한 취미였다.

스승님의 교육 방법은 '노 터치'

사범님들도 내가 중간에 빠져나가 오락실에 가는 걸 알았지만 한 번도 문제 삼은 적은 없었다. 사실 도장에서는 나에게 세세히 관여하지 않았다. 무관심했던 것은 아니고 알아서 공부할 수 있는 실력이 되니 처음부터 끝까지 가르치지 않고 꼭 필요한 것만 일러주는 식이었다. 특히 복기할 때는 '이건 이렇게 두는 게 옳지 않느냐'고 꼼꼼하게 가르쳐주었다. 하지만 공부 방법론에 대해서는 이래라 저래라 하지 않으셨다.

바둑 공부는 무작정 엉덩이를 오래 붙이고 앉아 있는다고 해서 잘되는 게 아니라 효율이 중요하다. 누구에게 어떤 방법이 효율적인가는 사

제1부 포석(布石) 내 삶의 반상에 첫 돌을 놓다

람마다 다르기 마련인데 내 스타일을 잘 이해해준 것이다. 강의에도 거의 안 들어갔다. 이미 강의 내용 정도는 알고 있었기 때문에 실전 위주로 공부했다.

내가 감히 스승님을 평가하자면, 스승님은 제자들을 천편일률적으로 가르치지 않고 그 사람의 스타일과 개성에 맞게 가르친다. 제자들마다 특성을 파악하고 그에 맞춰 교육방법을 바꾸었다. 나는 너무 풀어주는 게 아닐까 싶을 정도로 관여를 하지 않았다. 3년 6개월 가까이 도장 생활을 했는데 그 기간에도 기복은 있었다. 성적이 안 좋아지거나 바둑이 이상해지면 대개는 바로 코치를 받게 되는데 나는 그런 상황에서도 절대 '노 터치'였다.

물론 모든 제자들에게 그런 건 아니다. 관리해야 할 사람은 철저하게 관리하지만 붙들어 매는 게 독이 될 것 같은 사람은 자유롭게 풀어주고 스스로 터득하도록 배려했다. 관심이 없었던 게 아니라 오히려 더 관심을 가지고 나를 지켜보며 어떻게 가르쳐야 할지 연구한 것이다. 지금도 난 스승님을 잘 만나서 운이 좋았다는 생각을 많이 한다.

열 살엔 권갑용 사범님의 도장에서 수련했고, 열한 살엔 한국기원 연구생으로 들어갔다. 부모님과 떨어져 지내야 한다는 것과 또래 친구가 없는 걸 빼면 사실 나에겐 재밌었던 날들이다. 사범님들이나 같이 공부하던 형 누나들도 나를 무척 잘 챙겨줬고 큰형도 있었으니 보살펴주는 사람들은 많았다.

입단에 실패하다

1994년의 입단 대회는 치열했다. 그때나 지금이나 수많은 연구생이 서로 치열한 경쟁에서 이겨야만 바늘구멍같이 좁은 관문을 통과할 수 있으므로 입단대회 시즌이 되면 연구생들은 하나같이 긴장하게 된다. 나는 그 치열한 경쟁을 뚫고 올라가 마지막으로 두 판을 남겨두게 되었다. 한 판은 상대적으로 쉬웠기 때문에 다른 한 판이 승패를 가름하는 마지막 관문이었다. 그러나 결국엔 그 관문을 넘지 못하고 반집 패했다. 실력 차이가 너무나 명확했다면 '내가 아직 모자라는구나' 하고 패배를 쉽게 인정했겠지만 아깝게 반집으로 지니 아쉬움 때문에 그날 밤은 잠도 오지 않았다.

나는 1년 동안 칼을 가는 심정으로 수련한 후 이듬해인 1995년, 드디어 열세 살에 프로로 입단했다. 조훈현 9단이 아홉 살에 입단한 게 최연소 입단 기록인데 그때는 한국 바둑이 너무 약한 시절이었다. 조훈현 9단도 우리나라에서 입단을 해서 프로가 되었지만 일본으로 유학을 가서 다시 연구생 생활부터 시작했고 그곳에서 다시 프로로 입단했다. 그

제1부 포석(布石) 내 삶의 반상에 첫 돌을 놓다

경우를 제외한다면 이창호 9단의 열두 살 입단이 최연소 기록이다. 나이로만 따지면 나는 2등이라고 볼 수 있겠지만 일일이 생일까지 따져 보면 내 순위는 더 밀린다. 하긴 일찍 입단한다고 앞길이 보장되는 건 아니다. 진짜로 중요한 것은 그다음이다.

프로 입단 그리고 정체의 시간

열두 살에 아깝게 입단 문턱에서 좌절하고, 이듬해에 드디어 꿈에도 그리던 프로에 입단했다. 마지막 입단결정국 상대는 한문덕 아마추어 7단이었다. 프로바둑기사의 길을 걷지는 않았지만 훗날 아마추어계의 최강자로 이름을 떨쳤다. 그런데 이분은 나와 같은 도장에 있던 세 살 위의 형이었다.

세계대회 결승보다 더 떨린 입단결정국

나에게는 이 한 판의 결과에 따라 프로가 되느냐 못 되느냐가 판가름 났고, 작년에 마지막 한 판에서 반집 패로 아깝게 문턱을 넘지 못한 것을 생각하니 부담감은 이루 말할 수가 없었다. 지금 와서 생각해보니 세계대회 결승전 마지막 대국보다 입단결정국이 더 떨렸던 것 같다. 입단을 해야 그 뒤가 있기 때문이다. 대회 우승은 경력의 차이라 할 수 있지만 프로 입단 여부는 '신분'의 차이다.

반면 한문덕 7단에게 그 판의 승패는 큰 의미를 갖지 못했다. 물론 바둑에서 일부러 져주는 일은 있을 수 없다. 하지만 서로 이겨야 하는 동기와 승부욕이 다르다. 나는 이 한 판을 반드시 이겨야 프로가 되기 때문에 분명한 동기와 열망이 있었다. 반면 한문덕 7단은 이 대국을 이긴다고 해도 특별한 보상이 없었다. 게다가 동문수학하는 나이 어린 후배가 맞상대이니 커다란 승부욕이 생기지는 않았을 것이다. 대국 며칠 전에는 "이 대국을 내가 이겨야 되나?" 하고 나에게 농담할 정도였다. 이미 대국에 들어가는 마음가짐에서 차이가 났다는 얘기다.

입단결정국은 30분 만에 내 승리로 끝났다. 보통 두 시간 정도 걸리는 대국이 30분 만에 끝났으니 기록적으로 빨리 끝난 바둑이었다. 한 사람은 반드시 이겨야 한다는 승부욕에 불타 있었고 다른 한 사람은 맥이 빠져 있었으니 마음 자세에서부터 어느 정도 승패는 결정돼 있었던 셈이다. 그 덕분에 입단결정국은 손쉽게 통과했다. 그전에 두었던 대국이 실질적인 입단결정국이었던 셈이다. 나로서는 고마운 상황이었다.

입단에 성공하고 나니 세상을 다 가진 듯 하늘을 날 것 같은 기분이었고, 입단이 발표되자 표현할 수 없을 정도로 기분이 좋았다. 정확히 말하자면 좋다기보다는 도통 실감이 나지 않고 어리둥절하기만 했다. 얼떨떨했다. 며칠이 지나고 나서야 바뀐 상황에 적응이 되면서 '내가 정말로 프로바둑기사가 됐구나' 하는 실감이 들었다.

입단결정국을 앞두고 나보다는 아버지를 비롯한 가족이 더 긴장했었다. 나도 세계대회 우승보다 더 떨렸다고 할 만큼 긴장과 압박이 컸지만 아직은 어린 나이고 앞으로도 기회는 많다고 생각하여 마음을 편안하게 가졌는데 오히려 옆에서 보는 가족이 더 조바심을 냈고 속을 태웠다. 입단이 결정되어 집에 전화를 걸었을 때, 아버지는 많은 말을 하지 않았다.

"휴, 이제야……."

깊은 안도의 한숨이 전화선을 타고 내 귀에도 불어오는 듯했다. 직접 바둑을 두는 나보다 더 긴장감에 눌려 있었던 것이다. 그리고 나보다 더 입단을 기뻐했다.

하지만 그런 기쁨도 잠시, 내가 입단하고 며칠 지나지 않아 객지 생활의 버팀목이었던 큰형이 군대에 갔다. 아무리 입단을 했다지만 열세 살이면 아직은 누군가 보살펴주어야 할 나이였다. 누나가 서울에 있어 자주 만나긴 했지만 아무래도 같이 사는 큰형 같지는 않았다. 프로바둑기사였던 큰형이 이해하고 챙겨주는 것과는 차원이 달랐다. 나는 갑자기

버팀목이 사라져버린 것 같아 프로바둑기사로서 혼자 중심을 잡기가
어려웠다.

입단 후 첫 대국 상대는 현재 현역 최고령 기사인 최창원 6단이었다.
최창원 6단으로서는 대국 상대가 열세 살 꼬마였으니 썩 내키는 시합은
아니었을 것이다. 꼬마하고 열을 올려서 바둑 둘 이유가 없었던 것이다.
'어디, 이놈, 실력이나 보자' 하는 마음이었던 것 같다. 나는 만감이 교차
되는 가운데 신중하게 포석을 하며 대국에 임했다. 대국은 의외로 쉽게
풀려나갔고, 드디어 프로 입단 후 첫 대국에서 승리했다. 그러나 그다음
예선 2회전에서 바로 져서 첫 패배를 맛보았다.

설렘 속에 시작한 프로바둑기사로서의 첫 해 성적은 7승 7패로 딱 50
퍼센트 승률이었다. 그리 나쁜 성적은 아니다. 열세 살짜리 프로바둑기사
가 낯선 세계에서 5할 승률을 거둔 것은 결코 나쁘다고 말할 수 없다.

의욕은 떨어지고, 성적은 제자리에

입단하고 나서도 도장에 1년 정도는 더 나갔다. 그런데 느낌이 예전
같지 않았다. 당시 동문수학하던 사람 중 입단한 사람은 가장 나이가
어렸던 나 하나뿐이었다. 그러니 서로가 부담스러울 수밖에 없었다. 어

쨌든 나는 프로고 다른 사람들은 프로가 아니니 전처럼 모두에게 귀여움만 받는 개구쟁이일 수는 없었다.

다행히 내가 입단한 지 몇 달이 지나서 김강근 6단과 권오민 5단이 입단을 해서 부담감은 좀 나아졌지만 그렇다고 해서 안정적인 생활로 돌아온 건 아니었다. 큰형이라도 있었으면 내가 흔들리고 나태해질 때 옆에서 붙잡아주고 챙겨줬겠지만 그럴 사람이 아무도 없었다. 시골에 있는 아버지는 내가 어떻게 지내는지 자세히 알 수 없었고, 서울에 있는 누나는 프로바둑기사가 아니고서야 내 생활을 다 이해하기는 어려웠다. 한마디로 무주공산 상태였다.

입단 전에는 도장에서 나를 자유롭게 풀어줬어도 자기주도적으로 열심히 공부했지만 입단 후에는 오히려 놀았다. 오락실도 다니고 만화방도 다니면서 허송세월을 보냈다. 가족과 떨어져 객지 생활하는 열세 살짜리 꼬마가 자기관리를 철저하게 한다는 것도 어쩌면 어불성설인지 모르겠다. 프로가 되기 전보다 프로가 된 후에 더 열심히 공부해야 했지만 나는 바뀐 지위와 환경에 쉽게 적응하지 못했다. 열네 살, 열다섯 살, 열여섯 살, 나의 10대 중반은 그렇게 정체된 채 흘러갔다. 지금 생각하면 너무나 아쉽고 후회가 되는 시기다.

그 시기에 몸 상태도 나빠졌다. 스트레스성이었다. 프로로 입단한 후

제1부 포석(布石) 내 삶의 반상에 첫 돌을 놓다

버팀목이었던 큰형도 없고 생활환경도 바뀌고 내 지위도 바뀌니 스트레스가 이만저만이 아니었다. 시합도 계속해야 했으니 중압감도 컸다. 거의 실어증 수준으로 일주일 정도는 아예 말을 하지 못할 정도였다. 시간이 지나면서 다시 말문도 트이고 차차 상태가 나아지긴 했지만 완전히 정상으로 돌아오지는 못했다. 그때 이후로 말을 많이 하기가 힘들어졌다. 지금도 말을 많이 하다 보면 힘에 부치는 느낌이 든다.

입단 이듬해에도 성적은 나아지지 않았다. 그러다가 열다섯 살 때 약간 성적이 좋아지는 듯했지만 그것도 한순간일 뿐이었다. 좋은 성적이 계속 상승곡선을 그리지 못하고 반짝 기세에 그쳤다.

입단 전까지는 기숙사와 도장을 오가는 게 하루 일과였으니 주위에는 같이 바둑 공부하는 형 누나들뿐이었고 또래 아이들을 만날 기회가 없었다. 이른 나이에 입단했기 때문에 바둑계에서는 딱히 어울릴 만한 사람이 없었다. 당시 동대문 쪽을 자주 다녔는데 거기에는 또래 아이들이 있어서 말도 걸 수도 있고 그러다 보면 끼어서 어울려 놀 수도 있었다. 열다섯 살까지는 그렇게 또래 친구들과 놀았다. 그 아이들은 소위 '노는' 친구들이었지만 진솔했고 무엇보다 재미있었다. 또래 친구들이니 예의를 차릴 것도 없고 눈치를 볼 것도 없었다. 그들은 웬 낯선 녀석이 불쑥 끼어들어도 잘 대해줬다. 중학교 1, 2학년밖에 안 돼 바둑이란 걸 알리 없는 친구들은 내가 프로바둑기사라고 하니 꽤 신기해했다.

　나이가 어렸으니 술을 마시는 것도 아니고, 서로 가진 돈이라고 해봐야 뻔해서 뭘 대단한 걸 하며 노는 것도 아니었다. 그냥 앉아서 얘기도 나누고 떡볶이를 사 먹고 오락실을 다니고 당구도 쳤다. 뭘 하고 노느냐는 그리 중요하지 않았다. 그저 또래와 어울리는 것만으로도 좋았다. 형 누나들 사이에서만 살다가 몇 년 만에 또래들을 만나니 친구들과 노는 재미에 푹 빠졌다.

　한편으로는 정말 내가 다른 삶을 살고 있다는 현실을 절감하기도 했다. 친구들과 어울리기는 했지만 그다지 말이 잘 통하지는 않았다. 서로 처한 상황이 달랐기 때문이다. 공부를 잘하든 못하든 그들은 학교에 다니는 친구들이었고 학교생활이나 시험, 입시에 대한 걱정은 나와는 전혀 동떨어진 남의 나라 얘기였다. 물론 그 친구들에게도 프로바둑기사로 살아가는 내 모습이 처음에는 신기했겠지만 이해나 공감을 하기에는 한계가 있었을 것이다. 무엇보다 시간이 되면 학원에 가거나 집에 들어가야 한다면서 자리에서 일어나는 친구들을 보면 소외감이 들곤 했다. 내가 전혀 다른 길을 걷고 있다는 현실을 뼈저리게 느꼈던 것이다. 그러다 보니 깊은 관계로 발전하기는 어려웠다. 그때 동대문을 쏘다니던 친구들 중 지금까지도 연락을 주고받는 친구는 단 한 명뿐이다.

그때가 내 삶에서 완전히 무의미한 시기는 아니었다. 개인적으로는 여러 사람을 만나고 추억도 많이 만들었다. 하지만 그건 어디까지나 사생활이고 프로바둑기사로서는 별로 잘 보낸 시기는 아니었다. 바둑을 열심히 했다면 더 일찍 좋은 성적을 냈을 것이고, 바둑에 의욕이 생기지 않아 학업에 몰두했다면 둘 다 안 하는 것보다야 나았을 것이다. 하지만 그 시절에 나는 이것도 저것도 아니었다.

꼭 학교 공부가 아니더라도 바둑 말고 한 가지쯤 취미를 가졌다면 어땠을까 하는 아쉬움이 들기도 한다. 요즘은 중국을 비롯해서 해외에 나갈 일이 종종 있다 보니 말이 안 통하는 데서 오는 어려움이 크다. 바둑도 학업도 어영부영하던 시절에 외국어라도 취미를 붙여서 공부를 했으면 많이 도움이 됐을 텐데 싶기도 하고, 외국어가 아니더라도 다른 분야를 공부했더라면 바둑을 더 안정적으로 두는 데에도 도움이 됐을 것 같다.

바둑을 둘 때 주로 많이 쓰는 뇌가 있을 것이고, 다른 분야를 공부할 때 쓰는 뇌가 따로 있을 것이다. 뇌의 다양한 부위를 자극시키는 게 당연히 발전에 도움이 될 것이고, 바둑 공부가 잘 안 풀릴 때는 다른 분야를 공부하면서 기분을 전환할 수도 있지 않을까? 꼭 쉬고 노는 것만이 머리를 식히는 방법은 아닐 것이다.

판을 엎어라

아버지를 잃고, 승리를 향한 독기를 얻고

중학교 3학년이었던 열여섯 살 때 결국 이름만 올라 있던 학교를 자퇴했다. 학업을 계속할지 말지에 대한 고민은 열세 살부터 했었다. 초등학교 공부야 노력하면 따라잡기가 어렵지 않고 공부를 도와줄 누나들도 있었다. 대학생인 누나들의 도움을 받으면 뒤처진 학업을 따라잡는 건 어렵지 않았을 것이다. 학교를 계속 다닐 생각이 있다면 서울로 전학을 할 수도 있었다. 특출하게 공부를 잘할 필요까지는 없었지만 학교는 계속 다녀야 할 것 같아서 오랫동안 고민을 많이 했다.

끝내 이루지 못한 아버지의 소원

아버지는 내가 굳이 학업을 계속해야 한다고 생각하진 않았다. 보통 부모님들 같으면 그래도 졸업장은 있어야 하지 않겠느냐며 자퇴를 만류했겠지만 아버지는 좀 더 현실적으로 프로바둑기사의 길을 걸을 내 앞날을 생각했다. 당신 생각에 열세 살이면 비교적 일찍 입단했으므로 최고의 상황인데 바둑과 학교 공부를 병행하다가는 자칫 이도 저도 안 되는 상황이 되고 말 것이라고 본 것 같았다.

나도 바둑과 학업을 병행할 자신이 없었다. 바둑조차도 별 독기를 품지 못하고 어영부영하던 시절이었는데 학교 공부까지 할 자신이 없었다. 공부와 바둑을 병행하려면 정말 마음을 독하게 먹고 엄청난 노력을 해야 한다. 연구생 시절에는 그래도 틈틈이 기초적인 학교 공부를 했다. 하지만 입단을 전후해서, 초등학교 5학년 때부터는 바둑 말고는 거의 아무것도 못했다. 그래서 1년 정도는 또래에 비해 학업이 뒤처져 있는 상태였다. 따라잡을 생각이 있었다면 충분히 따라잡았겠지만 문제는 내 의지였다. 아무래도 학업까지 챙길 자신이 없었다. '둘 다 하려면 많이 힘들겠구나' 싶은 생각에 겁부터 덜컥 났다.

학교를 자퇴한 그해, 아버지가 돌아가셨다. 너무나 충격적이었고 슬픔을 가눌 수가 없었다. 교사의 꿈을 자식들 가르치는 걸로 대신했던 아버지였다. 아버지는 '우리 막둥이 타이틀 하나 따는 거 보고 가자'고 입버릇처럼 말씀했다. 하지만 좋은 모습도 못 보고 눈을 감았으니 편안히 보내드리지 못한 것 같아 죄송스러웠다. 타이틀까지는 아니더라도 최선을 다하고 좋은 성적을 거둬 아버지를 기쁘게 해드렸어야 했는데 나의 가슴은 더욱 후회로 사무쳤다.

아버지가 돌아가셨을 때는 너무 힘들었다. 나는 세상에서 제일 존경하는 사람이 누구냐는 질문을 받을 때마다 주저 없이 아버지를 꼽았다. 내 첫 바둑 스승이었고 바둑만이 아니라 내 인생에 가장 많은 영향을 끼친 분이었다. 특히 대쪽 같은 성품은 정말로 닮고 싶었다. 누구나 부모님이 돌아가시면 충격이 이루 말할 수 없겠지만 아버지가 돌아가신 충격의 여파는 예상보다 더 컸다. 한동안 충격에서 헤어 나오지 못해 성적이 좋지 않았다.

충격이 어느 정도 가신 1999년부터는 바둑이 나아졌다. 성적이 아주 특별나진 않았지만 바둑이 깔끔해지고, 내가 생각해도 실력이 나아졌다는 것을 알 수 있었다. 2000년부터는 서서히 성적을 내기 시작했다. 아버지가 돌아가시고 난 후 나의 마음가짐은 확실히 달라졌다.

바둑을 둘 때는 언제든 최선을 다했었다. 하지만 반드시 이겨야겠다는 독기는 부족했었다. 아버지가 돌아가시고 나니 그제야 독기가 생겼다.

'내가 왜 그랬을까. 아버지 살아 계실 때 잘 좀 했으면 좋았을걸.'

후회와 죄송스러움이 뒤섞여 승부욕과 독기로 뿜어져 나온 것 같다.

제1부 포석(布石) 내 삶의 반상에 첫 돌을 놓다

드디어 거머쥔 첫 타이틀

2000년부터는 제대로 성적을 내기 시작했다. 2000년 초부터 성적이 좋아지기 시작했고 드디어 2000년 말, 박카스배 천원전에서 류재형 9단을 이기고 첫 타이틀을 획득했다. 그리고 열흘 후, 지금은 없어진 배달왕전 타이틀을 획득했다.

박카스배가 내 첫 타이틀이었지만 배달왕전이 더 기억에 남고 애착이 간다. 결승전 상대는 이창호 9단과 라이벌을 이루며 한국 바둑계를 호령하던 유창혁 9단이었다. 사실 바둑의 형세는 나에게 엄청나게 나빴다. 워낙 나빴기 때문에 지겠구나 싶었고 다음 기회가 있을 것이라며 마음을 정리할 정도였다. 하지만 내게 운이 찾아왔다. 유리한 상황에서 유창혁 9단이 한두 번이 아니라 여러 번을 착각하는 바람에 전세가 뒤집어졌다. 상대의 실수만 없었다면 나는 절대 이길 수 없는 판이었다.

운이 좋아 이긴 것이었지만 열흘 전에 생애 첫 타이틀을 땄을 때의 성취감과는 비교할 수가 없었다. 내가 정말 뭔가 해냈다는 생각도 들었고 '아버지가 살아 계셨으면 얼마나 좋아했을까' 하는 죄송스러운 마음도 들었다.

열흘 만에 타이틀을 두 개나 따고 나니 매스컴에서 스포트라이트가 집중되었다. 그러나 부담스럽기보다는 기분이 무척 좋았다. 운이 좋아서

딴 타이틀이고 여전히 부족한 건 많았지만 성적과 실력에 관심을 가져
주는 게 좋았다. 결국 프로바둑기사의 목표는 좋은 성적을 내고 타이틀
을 따는 것이니까. 목표를 달성한 결과로 따라온 기분 좋은 부담이었다.

그렇게 사람들에게 주목을 받고 활동의 폭도 넓어졌지만 바둑계에서
는 그다지 사람들과 잘 어울리는 편이 못 되었다. 워낙 사교성이 약했고
같은 시기에 입단한 다른 기사들은 나보다 나이가 많았으니 바둑기사
들과 친하게 지내지는 못했다. 그래서인지 입단 후 몇 년 동안(비록 바둑
공부는 등한시했지만) 밖으로 쏘다니면서 또래 친구들을 만난 게 지금도
좋은 추억으로 남아 있다.

2000년 제5회 박카스배 천원전 결승. 류재형 9단을 이기고 생애 첫 타이틀을 획득했다.

제1부 포석(布石) 내 삶의 반상에 첫 돌을 놓다

단칸방 시절을 버티게 해준 낙천성

내가 아버지에게 물려받은 기질 가운데에는 낙천성도 있었다. 아버지는 농사일에 자식들 뒷바라지까지 하느라 힘들었지만 낙천적인 마음을 잃지 않았고 하소연 한번 한 적이 없었다. 가지고 있던 땅을 내다 팔고 빚까지 져야 했으면서도 자식들을 믿고, 원하는 공부를 할 수 있도록 지원했다.

내가 서울로 올라가서 바둑 공부를 시작할 때 아버지는 "두고 보라고! 우리 막둥이가 이창호보다 더 성공할 거니까!" 하고 큰소리를 쳤다. 뭘 믿고 그렇게 주위 사람들에게 큰소리를 쳤는지 모르겠다. 코흘리개에 불과한 어린 아들을 객지로 떠나보내면서 속으로는 걱정이 많았을 텐데 겉으로는 앞날을 낙관했다.

비금도에서 보낸 어린 시절, 도장 생활 시절, 그리고 입단 후 몇 년 동안을 놓고 본다면 경제적으로는 암울하고 어려운 시기였다. 입단은 했지만 당장 거처가 마땅치 않아서 도장 생활을 더 하기도 했고 누나의 하숙방에 얹혀살기도 했다. 프로바둑의 세계에 적응하는 것도 쉽지 않았지만 생활도 안정되지 못했으니 입단 초기 성적이 지지부진한 것은 당연하지 않았나 싶다.

1997년에야 큰누나, 둘째 누나와 함께 살게 됐다. 집은 볕도 잘 들지 않는 반지하 단칸방이었다. 이런 곳에 세 남매가 함께 살려니 힘들고 불편했다. 하지만 비좁은 반지하로 이사를 갈 때 나는 뛸 듯이 기뻤다. 공동생활을 하던 기숙사에서 벗어나 나만의 공간이 생긴 느낌이었다. 우중충한 반지하 방에 들어가 나는 팔짝팔짝 뛰어다녔다. 누나들은 내 모습을 보고 놀라더니 흐뭇하게 웃었다.

방값이 싼 곳을 찾다 보니 위치도 좋을 리가 없었다. 집 근처엔 편의시설이라고 할 만한 게 거의 없었다. 동네마다 있던 오락실조차도 눈에 띄지 않았다. 그러던 어느 날 동네를 돌아다니다가 운 좋게 작은 오락실 하나를 발견했다. 나는 날아가듯 방으로 뛰어들어 가 누나를 붙들고 오락실을 찾아냈다고 자랑했다. 누나는 "도대체 그게 뭐 대단한 일이라고 난리냐?"고 했지만 나는 사하라 사막에서 오아시스를 발견한 목마른 자의 심정과도 같았다. 두 달 뒤에는 컴퓨터도 한 대 들여놓았다. 그때도 기쁨은 이루 말할 수가 없었다.

돌아보면 참 별것도 아닌 일에 감동하고 기뻐했던 것 같다. 그래도 사소한 일에 즐거워하고 기쁨을 발견하는 낙천성이 없었다면 그 어려운 시기를 어떻게 이겨냈을까? 어리고 철이 없는 것도 다행인 시기였고. 만일 그때 내가 10대 후반이었다면 어땠을까? 한낮에도 어두운 반지하 단칸방에서 세 남매가 살아가느라 우울증에 걸렸을지도 모를 일이다.

다행히 1998년 말에 방 2칸이 있는 집으로 이사를 했다. 집도 넓어지고 반지하에서도 벗어나니 감격스럽기까지 했다. 나중에 아파트를 사서 이사할 때도 이때만큼 기쁘지는 않았다. 반지하 단칸방으로 시작해서 아파트로 옮기기까지의 시기는 내 삶에서 가장 힘들었지만 가장 행복한 시간이었다.

조금만 더 낙관적으로

요즘 바둑을 배우는 학생들은 내가 서울로 올라와서 바둑을 배울 때와는 비교도 할 수 없을 정도로 훨씬 풍족하고 좋은 환경에서 공부하고 있다. 그러나 표정은 밝지 않다. 철없고, 별것 아닌 일에도 킬킬대고, 호기심도 많을 나이인데 뭔가 인생의 쓴맛을 본 사람처럼 생기가 없다. 그런 얼굴을 볼 때는 안쓰럽다는 생각도 든다.

어떤 직업이든 그렇겠지만 바둑기사라는 직업엔 난관을 겪을 일이 잦다. 대국 도중에도 어이없는 실수나 착각으로 형세가 뒤집혀 낭패를 보기도 하는데 중요한 대국이라면 더더욱 심리적 타격이나 자괴감이 커질 수밖에 없다. 또 한 번쯤은 성적이 잘 나지 않고 침체되는 시기를 겪는다. 바둑 외 삶의 다른 부분에서 괴로운 문제가 생길 수도 있을 것이다. 그렇게 어렵고 힘든 때가 찾아올수록 오히려 더 낙천적으로 생각할 필요가 있다.

큰 실수를 했다고 해서 자꾸만 자책하고 포기하지 말고 '끝까지 최선을 다하면 내게도 역전의 기회가 올 수 있다'고 낙천적으로 생각하면 실제로 역전할 수 있다. 성적이 잘 안 나오는 시기에도 그렇다.

'운이 안 따라줄 때도 있는 거지. 내 중심만 잃지 않고 노력하면 다시 상승세를 탈 거야.'

여유를 가지고 미래를 긍정적으로 바라보면 슬럼프에서도 빨리 빠져나올 수 있다.

내가 자라던 환경과 요즘 아이들의 환경은 물질적·정서적으로 다르다. 물질적으로 풍족한 만큼 공부할 것도 많고 치열한 경쟁에 뛰어들기

도 한다. 어려서부터 스트레스에 시달리다 보니 조숙해지는 걸까? 최근
엔 입단 경쟁이 과열되어 평균 입단 연령이 높아지는 추세다. 여러 모로
여유를 갖기 힘든 게 현실이긴 하다. 그래도 조금만 더 자신의 삶에 대
해서, 자신의 바둑에 대해서 낙천적인 시각을 가진다면, 분명 자신과
바둑을 더욱 강하게 만들어줄 강력한 심리적인 무기를 갖게 될 것이다.

판을 엎어라

정상 등극과 추락 그리고 재기의 롤러코스터

2000년부터는 기세(棋勢)가 하늘을 찌를 듯하더니 2001년 초에는 드디어 세계기전 결승전까지 진출했다. LG배 세계기왕전 결승에서 이창호 9단을 만났다. 5전 3선승제에서 두 판을 먼저 따냈다. 그리고 제3국. 이제 이 한 판만 이기면 세계기전 우승이 내 차지가 되는 순간이었다.

처음, 바둑 때문에 눈물을 흘리다

세 번째 대국에서도 내 기세가 워낙 좋았다. 다들 내가 이창호 9단과 상대하면 바짝 얼거나 위축될 거라고 예상했지만 그렇지 않았다. 그만큼 자신감이 충만했던 시절이었다. 누구와 대결해도 질 것 같지 않았다. 기세도 무서운 상승세였고 스무 살도 되지 않았던 나이라 겁도 없었다.

바둑이 내게 유리한 국면으로 흐르자 타이틀이 눈앞에 어른거렸다. '생애 첫 세계대회 우승, 그것도 당대 최고로 인정받는 거대한 산 같은 이창호 9단을 상대로 이기는 것 아닌가.'

지금 생각해보면 당시 뭔가에 홀렸던 것 같다. 그때부터 정신이 흐릿해지더니 집중력이 완전히 무너져버렸다. 나 자신이 아닌 듯했다. 결국 기세가 흐트러지고 역전패를 당했다. 그 한 판이 치명타였다. 엄청나게 좋은 기세였는데, 세계기전을 차지할 문턱에서 애먼 짓을 하는 바람에 기세가 이창호 9단 쪽으로 확 넘어갔다. 결국 내리 세 판을 내주고 준우승에 머물렀다. 대국에서 진 그날 밤 처음으로 울었다. 정말 많이 울었다.

'2 대 0으로 앞서고 있던 상황에서 아무리 생각해도 지기 힘든 바둑이었는데 왜 졌을까.'

나 자신이 너무나 바보 같았다. 그 바람에 하늘 높은 줄 모르고 솟던 기세가 꺾였다. 내 인생에서 가장 아쉬운 대국이었다. 이제 절대 그럴 일은 없을 것이며 아마도 바둑에서 그런 경험은 두 번 다시 겪지 않을 것이다.

이창호 9단에게 역전패를 당한 여파는 한동안 이어졌다. 2001년 성적은 나쁘다고 할 정도는 아니었지만 뚜렷하게 성과를 거둔 것도 없고, 왕성했던 기세도 한풀 꺾였다.

그러다 2002년에는 분발하기 시작했고, 후지쓰배에서 생애 처음으로 세계기전 우승을 차지했다. 이후 성적이 가파르게 오르면서 승승장구했다. 그리고 2003년 LG배 결승전에서 다시 이창호 9단과 마주 앉았다. 복수전을 할 기회라는 생각이 앞섰다. 역전패의 아쉬움을 또다시 겪을 수 없어서 심기일전한 결과, 이번에는 3 대 1로 승리했다. LG배 타이틀을 거머쥔 지 몇 달 지나지 않아 후지쓰배 2연패에도 성공했다.

그렇게 한 해에 세계기전 타이틀 두 개를 석권하고 나니 세상 무서운 게 없어졌다. '내가 최고다!'라는 자만심이 슬슬 고개를 들기 시작했다. 그리고 자만심은 바둑을 엉망으로 만들었다. 2001년에 LG배 결승전에서 이창호 9단에게 졌을 때는 기세가 한풀 꺾이긴 했어도 큰 문제가 되지 않았는데 이번엔 상황이 달랐다. 2003년에 바둑 상태가 급속도로 나빠진 것이다. 바로 자만심 때문이었다.

제1부 포석(布石) 내 삶의 반상에 첫 돌을 놓다

2002년 제15회 후지쓰배 결승, 유창혁 9단을 상대로 첫 세계기전 타이틀을 획득했다.

2003년 제7회 LG배 세계기왕전 결승, 이창호 9단을 상대로 3 대 1로 승리. 제5회 대회 결승에서 2연승 이후 역전 패한 기억이 있었던 만큼 이날의 승리는 값진 것이었다.

수렁에서 나를 건져준 두 사건

2003년 후지쓰배 우승 이후의 생활은 스스로 생각해도 미친놈 소리가 나올 정도로 엉망이었다. 입단 후 3년 때와 비교해도 좋을 만한 제2의 방황기였다고나 할까. 〈브레인 서바이벌〉, 〈스펀지〉 같은 TV 예능 프로그램에 몇 번 얼굴을 내밀었더니 프로바둑기사가 한눈을 팔면서 바둑이 나빠졌다는 소문까지 돌았다. 하지만 방송이 문제가 아니었다. 그보다는 정서 상태가 최악이었다. 마음속에는 내가 최고라는 자만심이 꽉 차 있었다. 날마다 술도 많이 마시고 당구도 치고 사람들도 많이 만나고 다녔다. 2003년 한 해는 말 그대로 방탕한 세월이었다.

그러니 성적이 제대로 나올 리가 없었다. 높은 정상에 올랐던 만큼 추락하는 속도도 무시무시했다. 2004년 상반기까지 성적도 엉망인 데다가 바둑 자체가 '영 아니올시다'였다. 2003년 상반기까지 최정상에 올랐을 때 더 정신을 차리고 마음을 다스려야 했지만 자기관리에 실패하면서 끝없는 나락으로 빠져들었다. 그렇게 허우적거리다가 정신을 차려 보니 2004년 초였다. 눈 깜짝할 사이에 6개월이 훌쩍 지나가 버린 것이다. 저 하늘 높은 꼭대기에서 자만심에 도취해 인사불성이 되었는데 눈을 떠보니 가장 낮은 밑바닥이었다.

정신을 차렸다고 해서 바로 성적이 좋아지진 않았다. 예전 기세는 좀

제1부 포석(布石) 내 삶의 반상에 첫 돌을 놓다

처럼 돌아오지 않았다. 그러던 중 2004년부터 중국 리그에 참여하게 됐다. 그게 새로운 전환점이 되었고 다시 일어설 수 있는 발판이 되었다.

운도 따라주었다. 일본에서 개최된 세계대회 도요타-덴소배에서 있었던 일이다. 바둑은 회복됐지만 성적은 완전히 회복되지 못했는데 4강전에서 중국의 콩지에 9단과 맞붙었다. 중반까지만 보면 내가 진 바둑이었다. 도저히 이길 수 없는 바둑이었는데 당시 콩지에는 '초(秒)읽기'에 몰리고 있는 상황이었다. 콩지에가 두었던 시간 연장책 한 수가 결정적인 패착(敗着)이 되는 자충수(自充手)였다. 그게 발단이 돼서 나는 기세를 완전히 뒤엎고 짜릿한 역전승을 했다. 여세를 몰아 결승전에서도 운 좋게 이겨서 우승을 차지할 수 있었다.

중국 리그 참가 그리고 콩지에에게 거둔 운 좋은 역전승. 그 두 가지가 나를 슬럼프에서 완전히 회복시켜준 결정적인 계기였다. 내가 중국 리그에 가지 않았다면 내 바둑은 영원히 돌아오지 못했을 수도 있었다. 만약 2004년 그 중요한 대국에서 콩지에를 이기지 못했다면 어떻게 되었을까? 정신을 차렸다고 해도 다시 성적을 낼 수 있느냐 없느냐는 또 다른 얘기다.

2004년 말부터는 안정적인 성적을 유지했다. 바둑만 보면 난 운이 따르는 기사다. 나만큼 운 좋은 사람도 드물 것이다. 자타공인 역전승을 가장 많이 했으니 말이다. 물론 역전승을 이끌어내는 것도 실력의 일부이긴 하지만 운이 없으면 불가능하다. 특히나 중요한 판에서 상대방이 실수를 안 해주면 역전승은 기대할 수 없다.

사람이란 누구나 실수를 하게 마련이지만 아무런 실수가 없을 수도 있다. 그런데 희망이 없는 국면에서도 상대의 어이없는 착각이나 실수로 역전승을 거둔 적이 많으니 내가 '행운의 기사'라는 말은 맞는 듯하다. 물론 운으로 바둑을 두는 건 아니다. 하지만 인간이 하는 일인 만큼 운을 무시할 수도 없을 것 같다.

2004년 제2회 도요타-덴소배 본선 4강. 기나긴 슬럼프를 딛고 콩지에 9단에 값진 역전승을 획득했다.

제1부 포석(布石) 내 삶의 반상에 첫 돌을 놓다

제2부 운석

나 자신을 믿고 전장으로 간다

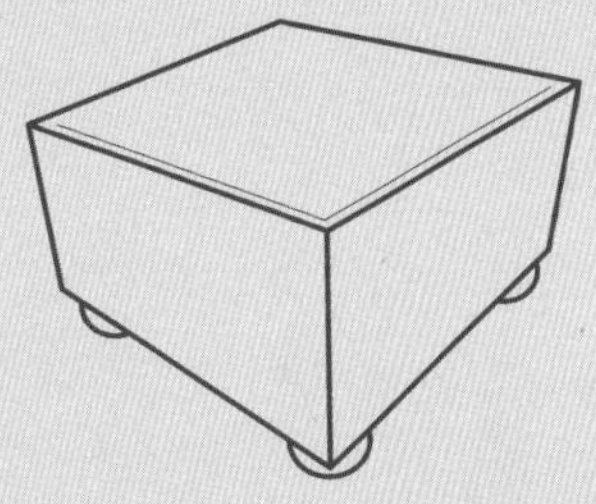

운석(運石) :
바둑을 두어나감.

초반, 중반 그리고 종반

"시합 전에 바둑을 어떻게 둘 지 밑그림을 그리고 가십니까?"

이런 질문을 받을 때마다 어쩔 수 없이 썰렁한 대답을 할 수밖에 없다.

"글쎄요. 그럴 때도 있고 아닐 때도 있고……."

그런데 그럴 수밖에 없다. 대국 전에 흑백이 미리 정해져 있는 경우도 있지만 그렇지 않은 경우도 있다. 흑백이 정해져 있지 않다면 미리 어떻게 두겠다고 준비하는 건 큰 의미가 없다. 대국장에서 돌이 정해지면 그때부터 생각을 해본다. 하지만 흑백을 각각 누가 잡을지가 미리 정해져 있고 비중이 높은 대국이라면 미리 준비하는 편이다. 프로에게는 한 판 한 판이 모두 중요하긴 하지만 특히 기전의 결승전과 같은 큰 대국에서는 생각을 미리 하고 가는 것이 유리하기 때문이다.

똑같은 포석도 그때그때 다르다

바둑이 참 재밌는 것은 똑같은 포석이라고 해도 그날그날이 다르고 상대 기사에 따라 다르다는 점이다. 어떤 포석은 흑이 좋다고 생각했는데 막상 대국장에서 같은 포석이 나왔을 때 흑이 나쁠 수도 있다. 그게 초반의 오묘함이자 까다로움이다. 아무리 정상급 프로라고 해도 돌 몇 개만 놓여 있을 뿐 광활한 대지와도 같은 초반에 형세판단을 정확히 하기란 한계가 있다. 그런 점에서 초반은 어렵다.

결국 초반에는 기분이나 감, 경험이 많이 작용하게 되는데, 나는 먼저 '오늘은 이렇게 두고 싶다'는 각오를 새긴다. '오늘은 이런 포석으로 두어 보자' 하는 자기만의 감이 있는 것이다. 그런데 초반이 지나고 보면 감이나 기분이 어땠든지 간에 어느 정도는 비슷하게 나온다. 나중엔 뭔가 새로운 초반의 수법이 나올지도 모르겠으나 지금으로서는 획기적인 새로운 패러다임이 나오지 않는 한 초반은 지나가고 보면 다 엇비슷하다. 결국은 오늘은 이게 맞을 것이라는 기분이나 감이 강하게 작용하는 것이다.

바둑을 초반, 중반, 종반으로 나눠서 비중을 분할하면 포석을 포함한 초반은 30퍼센트 정도다. 나는 초반이 종반보다 더 중요하다고 본다. 중반은 '바둑의 꽃'이다. 따라서 중반을 잘 두는 사람이 최고가 될 수밖에

제2부 운석(運石) 나 자신을 믿고 전장으로 간다

없다. 정확한 수읽기와 형세판단을 통해 중반에서 승기(勝氣)를 잡아야 바둑을 이길 수 있다. 종반은 중반을 통해서 이미 대부분 결정된 상황이기 때문에 종반의 형세판단이 과연 얼마나 큰 의미를 갖는 것인지는 의구심이 든다.

이창호 9단이 바둑계에 혜성처럼 등장하고 놀라운 기세를 보여줄 때 많은 사람이 '신산(神算)'이라고 불렀을 정도로 '끝내기의 달인'이었다. 종반에서는 명실상부하게 독보적이었다. 지금은 예전만큼 독보적이진 않다고 하는데 실력이 예전만 못해서일까? 그렇지 않다. 이창호 9단은 지금도 종반을 잘 둔다. 대신 이제는 종반의 의미가 많이 달라졌다.

2002년 제15회 후지쯔배 대회에서 이창호 9단과 함께. 바둑 팬들은 이창호 9단의 바둑을 '참는 스타일', 이세돌 9단의 스타일은 '공격적인 스타일'이라고 불렀다.

예전에는 기사들이 상대적으로 종반에 소홀했다. 이창호 9단처럼 종반을 꼼꼼하고 완벽하게 두는 기사들이 적었다. 종반에 대한 연구도 덜 되어 있었다. 그런데 이창호 9단의 끝내기 수순을 본 바둑기사들은 종반이 중요하다는 것을 깨닫기 시작했고 각자 많은 연구를 했다. 그래서 기사들 사이에 종반의 격차가 줄어들어 상향평준화된 것이다.

세간에서는 이창호 9단의 끝내기 실력에 주목했지만 사실 그가 가장 강한 곳은 중반이다. 중반이 강하지 않은데 종반만으로 이길 수는 없다. 초반, 중반, 종반을 다 잘 두면 최고라는 말은 의미가 없지만, 셋 중에 하나를 꼽으라면 당연히 중반이다. 초반은 당연히 거치는 과정이지만 중반을 잘못 두면 종반은 아예 오지 않을 수도 있다. '종반에 강하다'는 말에는 '중반 실력이 강하다'라는 뜻도 포함되는 것이다.

바둑 스타일이 드러나는 순간

바둑 팬들은 프로바둑기사들의 바둑 '스타일'을 비교·분석하는 걸 즐긴다. 예를 들어, 이창호 9단이 '참는 스타일'이라면 나는 '강하게 두는 스타일'이라고들 한다. 어느 정도 일리 있는 말이다. 그렇다면 '스타일'을 가진 기사들은 언제나 그 스타일대로만 바둑을 둘까? 이창호 9단이라고 해서 싸워야 할 때 안 싸우고 참을까? 절대 아니다. 이창호 9단도 싸워야 할 때는 누구보다도 강력하게 전투를 전개한다. 싸우는 게 당연히 유리할 때는 누구나 싸운다. 나 역시 마찬가지다. 참는 게 더 유리하다면 덮어놓고 싸우지는 않는다. 진짜 스타일이 나올 때는 확률이 엇비슷할 때다. 싸우는 게 나을지, 참는 게 나을지, 딱히 결론을 내기가 어려운 애매한 순간 말이다. 그때 이창호 9단은 참는 길을, 나는 강하게 두는 길을 택한다. 그때 프로바둑기사의 스타일이 나오는 것이다.

나의 스타일은 초반이 약하고 중반이 강하다. 물론 기사들 대부분은 '중반은 내가 최고야'라고 생각한다. 중반이 약하다고 생각하는 기사는 프로의 세계에서 살아남기 어렵다. 종반은 크게 약하지도 않고 특별히 강하지도 않다. 다른 기사들과 엇비슷한 수준이 아닐까 싶다.

원칙과 현실 사이

내가 바둑을 처음 배웠을 때, 바둑은 그냥 오락이나 게임이었다. 거기에는 도(道)도 없었고 철학도 없었다. 여섯 살짜리가 그런 걸 안다는 것도 말이 안 된다. 그러나 바둑을 시작할 때 고려해야 할 점이 하나 있다. 바둑을 하려는 가장 첫 번째 이유가 '내가 바둑을 하는 게 재미있고 좋기 때문에'가 되어야 한다. '누구를 존경해서' '뭐가 되고 싶어서'는 바둑의 세계에 발을 들여놓는 데 결정적 이유가 되지 못한다.

'다음 판을 이기는 바둑'에서 '지금 이 한 판을 이기는 바둑'으로

바둑의 철학은 몰랐지만 바둑이 재미있다는 것은 알았다. 바둑을 처음 배울 무렵에는 지겹기도 했지만, 나보다 나이 많은 사람들을 이기고 나중에는 아버지도 이기면서 주변 사람들이 "어린 녀석이 잘한다"고 치켜세워 주는 말에 우쭐해져 더 열심히 바둑을 두었다. 너무 단순한 이유지만 어린아이에게는 그보다 좋은 동기부여가 없다. 시작은 오락에 불과했지만 나중엔 바둑 자체가 좋아졌다. 인터넷도 없던 시절, 바둑은 내가 섬에서 즐길 수 있었던 유일한 게임이었다. 요즘 아이들이 컴퓨터 게임을 좋아하듯 나는 바둑을 좋아했던 것 같다. 내가 요즘 태어났다면 프로게이머가 되지는 않았을까 생각해본다.

그러나 본격적으로 도장에서 공부하면서 두는 바둑은 더 이상 게임이 아니었다. 프로바둑기사로 입단하는 것을 목표로 하니 승패도 따지게 되었다. 연구생들은 입단대회가 가장 중요하므로 그 외의 대국에서 이기고 지는 것은 절대적으로 중요하지 않다. 바둑에서는 승패라는 결과보다는 과정이 중요하다.

도장 내에서 한 판을 이겨봤자 연습바둑이고 연구생 모임에서 두는 바둑에 불과하다. 그렇다고 그 판을 어설프게 이기면 다음에 이긴다는 보장이 또 있을까? 그 시기에 가장 중요한 건 다음 판을 이길 수 있는 바둑을 두는 것이다. 그렇게 신중하게 바둑을 두다 보면 당장은 몰라도 성적이 향상될 수밖에 없다.

판을 엎어라

나는 열세 살 어린 나이에 프로에 입단했다. 입단 뒤에는 '지금 두는 바둑'과 '다음에 둘 바둑'의 비중이 반반이 되었다. '다음 판을 이기는 마음가짐'도 중요하지만 프로가 되고 나면 '지금 내가 두고 있는 이 판을 이겨야 한다'는 압박이 강해진다. 프로는 한 판, 한 수조차도 책임을 져야 한다. 바둑에 대한 책임감이 생기는 것이다. 연구생 시절과는 달리 프로가 되니 대국에 대한 생각이 완전히 달라졌다.

프로바둑기사에게 바둑 한 판은 마치 장인이 빚어내는 도자기 한 점과 같다. 장인은 혼신을 다해 작품 하나를 만들고 자기 작품에 대해 책임을 진다. 마찬가지로 프로바둑기사의 대국은 기보로 남아 후세까지 전해지므로 아마추어일 때와는 마음의 무게를 견주기 어렵다.

성적을 내기 시작한 뒤로는 대국의 승부욕과 책임감이 점점 커져갔으며, 한 판 한 판이 매우 중요함을 느끼게 되었다. 대중이나 언론의 관심을 받은 후에는 바둑을 이기는 것뿐 아니라 바둑의 내용도 승패만큼이나 중요해졌기 때문이다. 사람들이 내가 두는 한 판 한 판은 물론 한 수 한 수까지 현미경으로 관찰한다.

"이렇게 둬서 이기면 뭐하나?"

"이건 이세돌답지 않은 수 아니냐?"

이런 얘기도 얼마든지 나온다.

이제 한 판이 갖는 비중과 부담감은 신인 시절과는 비교할 바가 아니었다. 물론 성장이라는 관점에서 본다면 여전히 다음 판을 이길 수 있는 바둑을 둬야 할 것이다. 하지만 어디 사람이 그런가?

나이가 들수록, 성적을 낼수록 바둑 스타일도 변한다. 좀 더 조심스러워진다. 물론 조심성이란 것 자체는 나쁜 게 아니다. 조심성이 없이 경솔하게 바둑을 두다가 판을 그르칠 수도 있다. 하지만 과유불급이란 말처럼 너무 조심스러워지면 그 역시 좋지 않다.

바둑이 조심스러워지면 당연히 위험을 피하려는 경향이 나타난다. 예를 들어, 지금 내가 두고 있는 바둑에서 두 가지 길이 있다고 치자. 한쪽은 대마(大馬)를 잡으러 가는 길이고, 다른 한쪽은 집을 챙기는 길이다. 대마를 잡는 쪽이 약간 기분이 좋아 보인다. 대마를 잡을 확률이 60퍼센트, 집을 챙길 확률이 55퍼센트라고 해보자. 조심성이 많아지면 대마를 잡는 쪽이 확률이 더 높은데도 집을 챙기는 쪽으로 손이 간다.

집을 챙길 때 내 생각이 틀렸거나 실수가 있어서 조금 손해를 보더라도 만회할 기회는 있다. 하지만 대마 사냥은 위험부담이 크다. 대마를 놓치면 그걸로 끝장인 경우가 대부분이다. 만회할 기회가 없기 때문이다. 물론 상황이 안 좋거나 막상막하인 상황이라면, 그리고 대마 사냥에 승부수를 던져볼 만하다고 생각한다면 당연히 대마를 잡으러 갈 것이다. 하지만 바둑이 한 집 반만 좋아도 조심성이 강해지는데 그런 성향이 반드시 좋다고 볼 수는 없을 것이다.

'특유의 승부호흡으로 전투바둑'을 두던 나도 예전보다는 분명히 조심스러워졌다. 그래서 너무 집착할까 봐 신경이 쓰인다. 엇비슷한 확률의 두 갈래 길이 있을 때, 가끔은 잡으러 가야 할 때도 있고 가끔은 집으로 가야 할 때도 있다. 그때 '안전하게' 바둑을 두고 싶은 마음이 생기곤 하는데 조심성이 지나치진 않을까 걱정이다.

나의 트레이드마크는 공격성이다. 그게 장점인데 조심하기만 하다가 스타일을 망치는 것도 곤란하다. 조심하되 과하지 않아야 한다는 점을 염두에 두고 균형감을 맞추려고 애쓰고 있다.

가일수, 두자니 한가하고 안 두자니 불안하고

바둑을 두다 보면 두 갈래만이 아니라 여러 갈림길이 나올 때도 있다. 그때 언제나 최선의 길을 가는 것은 아니며 나중에 가서 후회할 경우도 많다. 그 수를 둬서 졌기 때문만은 아니다. 특히 가일수(加一手, 세를 얻기 위해 더하는 수)를 두게 되는 경우가 그렇다. 반드시 하지 않아도 되는 상황에서 가일수를 두는 경우가 많다. 안전하게 가려는 생각에서다. 바둑을 신처럼 둘 수는 없지만 그래도 최고의 바둑을 두는 것이 프로바둑

제2부 운석(運石) 나 자신을 믿고 전장으로 간다

기사의 목표일 것이다. 하지만 수읽기를 했을 때 여기는 안 둬도 된다는 판단이 섰는데도 결국은 가일수를 둘 때가 있다.

'바둑의 도'로 봤을 때는 안 좋은 태도다. 자신의 수읽기를 믿고, 혹시 실수를 하더라도 인정하고 그럼으로써 발전하는 게 도리다. 자신을 믿지 못하고 불필요한 가일수를 두면 발전할 수 없다.

하지만 나도 확실하지 않은 상황에서는 가일수를 둘 때가 많으며 다른 기사들도 그렇다. 어렸을 때, 그리고 처음 바둑을 배울 때는 나의 수읽기를 믿고 그 생각대로 바둑을 뒀다. 하지만 지금은 상황이 달라졌다. 한 판 한 판의 비중이 커질수록 조심하게 된다. 조금이라도 찜찜하면 확실하게 하기 위해서 가일수에 손이 간다.

바둑이 만만치 않고 한 수 한 수가 승패를 뒤바꿀 수도 있는 살얼음판의 국면이라면 불필요한 가일수에 마음을 두거나 신경을 쓸 여유조차도 없다. 하지만 국면이 나에게 조금만 좋아도 자꾸 가일수에 마음이 간다. '그래 뭐 이렇게 하면 끝나는데. 어차피 내가 좋은 상황이니까' 하고 확실히 하기 위해서 가일수를 둔다.

가일수가 승률이란 면으로만 봤을 때는 도움이 되긴 한다. 어쨌거나 프로의 세계는 이겨야 강해진다. 다 잡은 바둑이었는데 어이없는 착각으로 대마가 잡히고 판세가 뒤집히고 나면 괜히 '한 수 더 놔서 좀 더 단단하게 할걸 그랬나' 하며 뒤늦게 후회를 하게 된다. 어떤 때는 바둑 한 판에 돈과 명예가 다 걸려 있기도 한다. 게다가 전성기는 영원한 것 이 아니라 한정되어 있다.

마흔 살 정도면 대부분 하락세에 접어든다. 평생 몸이 어긋나지 않아 예순이나 일흔이 넘어서도 전성기 실력을 유지할 수 있다면 장기적으로 봐서 원칙에 따라 철저하게 둘 수도 있을 것이다. 하지만 10대 후반이나 20대 초반부터 성적이 나기 시작해서 마흔까지 이어지는 바둑기사의 생명은 길지 않다. 사람에 따라서 20년이 길다고 생각할지 모르겠지만 과연 긴 시간일까? 20년은 금방 지나간다.

이런저런 변명은 했지만 그래도 발전적인 측면으로 보면 중요한 판이 든 아니든 불필요한 가일수를 두는 태도는 옳다고 볼 수 없다. 사람은 발전을 해야 한다. 그러기 위해서는 자기의 생각을 무조건 믿어야 한다. 물론 가일수를 둔다고 해서 나를 불신한다고까지 말하기는 어렵겠지만 그래도 조그만 불안 심리나 불신의 기운까지도 떨쳐야 하는 게 바둑의 원칙이고 도리다.

나도 어느덧 조심스러운 바둑을 두고 싶은 마음이 생기는 기사가 됐 다. 그래도 최대한 나를 믿으며 바둑을 두려고 노력하고 있다.

제2부 운석(運石) 나 자신을 믿고 전장으로 간다

마인드 컨트롤도 실력이다

주위 동료나 후배 기사들 중 안타까운 마음이 드는 이들이 종종 있다. 분명 바둑 실력은 정상급이고 진즉 국내 타이틀은 물론이고 세계 타이틀도 여러 번 차지하고도 남을 만한데 성적이 따라주지 않기 때문이다. 운이 따라주지 않는 것도 원인일 것이다. 대회에서는 한두 판도 아니고 열 판이 넘는 바둑을 계속 이겨야 우승이란 고지에 다다를 수 있다. 이땐 실력도 실력이지만 운이란 것도 무시할 수 없는 요소다. 어떤 이들은 우승 문턱까지 갔다가 주저앉곤 하는데, 결승전과 같은 큰 판에서 평소 실력을 발휘하지 못하는 것이다. 이런 경우라면 마인드 컨트롤에 문제가 있지는 않은지 점검해봐야 할 것이다. 나 역시도 그런 경험을 한 적이 있다.

성적 향상의 비결은 마인드 컨트롤

어릴 때부터 섬에서 바둑 잘 둔다는 소리를 듣고, 1995년 열세 살이라는 어린 나이에 프로가 되어 주변의 기대를 한껏 받았지만 입단 뒤 몇 년 동안은 이렇다 할 성적을 내지 못했다. 본격적으로 성적을 내기 시작한 것은 2000년 무렵인데, 그해에 국내 기전인 천원전과 배달왕전에서 잇달아 우승을 거두었다. 그리고 이듬해에는 세계대회인 LG배 세계기왕전에서 결승까지 진출했다. 당시 세계 최강이었던 이창호 9단을 상대로 먼저 2승을 거두면서 우승이 거의 눈앞에 있었지만, 두 달여 뒤에 벌어진 대국에서 세 판을 내리 지면서 결국 우승 문턱에서 좌절하고 말았다. 그래도 아직 3단밖에 안 되는 애송이가, 그것도 이창호 9단에게 첫 두 판을 이겼다는 사실만으로도 세간의 주목을 받긴 했다.

좋은 성적을 내기 시작한 2000년을 전후로 내 바둑을 돌이켜보면 실력뿐 아니라 대국에 임하는 자세나 마음가짐이 확실히 달라진 것을 알 수 있다. 입단 이후 몇 년 동안은 확실한 목표가 없었다. 물론 프로바둑기사가 되고 공식 대국을 치르면 누구나 지금 참가하고 있는 대국을 이기는 것을 1차 목표로 삼는다. 어쨌든 한 판 한 판을 이겨야 우승도 하고 타이틀도 차지할 수 있을 테니까. 2000년 이전에는 나 역시 그랬다. 지려고 대결에 나오는 사람이 누가 있겠는가? 하지만 눈앞의 이익만 따졌던

제2부 운석(運石) 나 자신을 믿고 전장으로 간다

게 가장 큰 문제였다. 오로지 당면한 대국의 승리만을 원했지 보다 큰 줄기의 목표를 만들고 그것을 향해 나아가는 데까지는 이르지 못했다.

한 판 한 판의 승리에만 집착할 게 아니라 나의 바둑을 확실히 파악하고 자신을 컨트롤하는 게 중요하다는 사실을 깨달은 시점이 바로 2000년 무렵이다. 1998년에 아버지가 돌아가시면서 조금씩 나 자신을 돌아보기 시작한 것이 변화의 결정적 역할을 했다. 내게 가장 필요한 것이 뭔가에 대한 생각을 정리하자 바둑에 임하는 자세와 철학이 달라졌다. 또한 나의 바둑을 진지하게 되새겨 볼 수 있는 눈이 생겼고 내 의식을 가두고 있던 문제점을 깨부술 수 있었다. 알을 깨고 나와 다시 태어나는 기분이었다.

입단 이후 정체기에서 가장 큰 문제점은 '경솔함'이었다. 아마 10대 초중반의 어린 나이에 바둑을 두는 아이들이라면 비슷한 문제를 안고 있을 것이다. 어린 나이에 입단을 했으니 자신감은 충만했으나 그 자신감을 적절하게 컨트롤하지 못했다. 그러다 보니 신중하게 생각해야 할 상황에서 깊이 생각하지 못하고 먼저 손이 나가버릴 때가 종종 있었다.

바둑에서 '손 따라 둔다'는 말이 있다. 가령 대국에서 상대방이 좌변에 수를 놓았는데 내가 지금 둬야 할 곳은 우변이라고 하자. 하지만 방금 상대방이 놓은 좌변의 수에 마음이 쏠리다 보면 내가 둬야 할 우변의 수를 놓치고 결국 좌변에 따라서 수를 놓는 것을 말한다. 나도 손 따라 바둑을 두는 경향이 있었다. 그러다 보면 상대방의 페이스에 쉽게 말려들어 내 바둑을 두지 못하고 끌려다니다가 지게 된다. 어리고 경험이 부족한 기사들은 이런 함정에 빠질 때가 많다.

내 바둑의 결점, 특히 심리적인 문제점을 되돌아보고 확실한 목표를 정한 후에는 기력(棋力)이 조금씩 좋아졌다. 또한 스스로 바둑을 컨트롤할 수 있는 능력이 향상되면서 성적은 상승곡선을 그리기 시작했다. 성적이 지지부진할 때는 "기재(棋才)는 있지만 노력은 안 한다"는 얘기도 많이 들었지만 성적이 나자 그런 얘기는 쑥 들어갔다. 결국 2000년 들어서는 국내 기전 타이틀까지 거머쥘 수 있었다.

마인드 컨트롤을 위한 원칙들

한 차례 의식이 깨이고 변화가 서서히 성적으로 나타나면서 바둑에서 마인드 컨트롤이 얼마나 중요한지 실감했다. 바둑을 둘 때 가장 적절한 마음 상태가 어떤 것인지를 생각하고, 바둑이 유리하든 불리하든, 평안한 마음 상태를 유지하는 게 가장 중요했다.

내 경우에는 바둑을 둘 때 적당한 긴장이 긍정적으로 작용하는 편이다. 오히려 아무 부담 없이 너무 편한 마음으로 바둑을 두다 보면 자칫

기백이 빠진 무기력한 내용으로 흐르기도 한다. 물론 반대로 긴장이 지나칠 경우에는 바둑의 행마(行馬)나 흐름이 경직되고 활발하지 못할 수 있기 때문에 적절한 긴장감 조절이 필요하다. 사실 '적절하다'는 게 말은 쉽지만 수치로 딱 잘라 말할 수 있는 것도 아니고, 내가 그렇게 하고 싶다고 해서 내 마음대로 되는 것도 아니다.

결국 방법은 대단할 게 없다. 뒤에서 좀 더 자세하게 얘기하겠지만 나의 마인드 컨트롤 원칙을 몇 가지로 압축하자면 이렇다.

첫째, 대국 전후뿐만 아니라 평소에도 안정된 마인드 컨트롤을 위해서 노력한다. 둘째, 마음에 동요가 생기면 억지로 막으려 하지 말고 자연스럽게 흐르도록 놓아둔다. 셋째, 쉽게 포기하거나 좌절하지 않고 끈기를 가진다.

물론 사람마다 성격이 다르기 때문에 어떤 마음 상태가 최적인지, 또 그런 마음 상태를 유지하기 위해서는 어떤 방법이 필요한지 각각 다르지만, 앞에서 얘기한 원칙들 대부분 다른 이들도 참고할 여지는 있을 것이다. 실전에서 적용해보면서 시행착오를 거쳐 자신에게 맞는 원칙과 방법으로 고쳐나가면 될 것이다. 그리고 바둑만이 아니라 안정된 마음가짐과 집중력이 필요한 다른 일을 할 때도 이러한 마인드 컨트롤은 도움이 될 것이라고 믿는다.

자신감이 없으면 승리도 없다

후배나 제자들에게 내가 가장 많이 얘기하는 것은 '자신감'이다. 마인드 컨트롤에서 가장 중요한 부분 역시 자신감이다. 신중한 것과 자신감이 없다는 것은 완전히 다른 얘기다. 자신감이 없다면 떨려서 어떻게 바둑을 두겠는가. 수가 제대로 계산이 안 되더라도 마음속으로는 '그래, 나는 어떤 상황에서도 이길 수 있어' 하는 용기와 뚝심이 필요하다.

물론 수를 볼 수 있게 열심히 노력해야 한다. 그런데 대국을 할 때 아무리 고심해도 수가 안 보일 때가 있다. 매정하게 시간은 계속 흐르고 결국은 감으로 둬야 할 상황이 온다. 그럴 때도 '내 감각이 맞아!' 하고 자신 있게 돌을 올려놓을 수 있어야 한다.

대국에서 확신 없는 수를 두면 수 자체가 좋고 나쁨을 떠나 좋은 결과를 기대하기가 힘들다. 특히 흐름이 좋지 않은 상황에서는 더더욱 자신감이 중요하다. '앞으로 최선을 다해 좋은 수를 두어나간다면 이길 수 있다'는 자신감이 없으면 역전을 노리기 어렵다. 모든 변수가 사라진 국면에서라면 어쩔 수 없이 결과를 받아들이고 마음을 정리해야 할 것이다. 하지만 조금이라도 희망이 보이면 끈을 놓지 말아야 한다. 마지막에 뒤집을 수 있다는 자신감을 가지고 한 수 한 수 두어나가면 좋은 결과로 이어질 확률이 훨씬 높아진다.

불리한 국면에서 자신감을 가지고 최선을 다한 결과 역전을 거뒀던 대국 중 가장 기억에 남는 건 2005년 도요타-덴소배 대회다. 창하오 9단과 맞붙은 결승에서 각자 한 판씩을 이기고 최종국에 들어갔다. 이 한 판에서 세계대회 우승컵이 누구에게 돌아갈지 결정된다. 하지만 초반 포석에서부터 바둑의 흐름이 좋지 않았다. 게다가 중반에 들어서는 큰 착각을 하는 바람에 손해가 이만저만이 아니었다. 중반까지도 바둑은 절망적인 국면으로 치닫고 있었다.

그때 만약 내 머릿속에 '이 바둑은 힘들겠구나' 하는 체념이 꽉 찼다면 바둑은 아마 그대로 끝나고 말았을 것이다. 사실 그렇게 생각하고 포기해도 이상할 게 전혀 없는 바둑이었다. 하지만 상당히 불리한 국면이었음에도 불구하고 아직 완전히 포기할 상황은 아니라는 느낌이 강하게 들었다. 끝까지 최선의 수를 두다 보면 역전할 가능성이 있다는 믿음이 점점 강해졌다.

물론 내가 아무리 자신감을 가지고 최선의 수를 두어도, 다시 말해서 나 혼자 잘한다고 해서 불리한 바둑을 뒤집을 수 있는 건 아니다. 상대 역시 빈틈없는 최선의 수로 응수(應手)해온다면 역전의 실마리는 잡기 힘들다. 그런 면에서 사실 어느 정도 운도 따라줘야 한다. 낙관적인 분위기에 빠진 상대가 느슨하게 응수하고, 여기에 실착, 착각 등이 한두

2005년 제2회 도요타-덴소배 결승, 준결승전에서 콩지에 9단을 이기고 창하오 9단과 결승 대국을 치렀다. 이 대회 우승으로 바둑에서 중요한 마인드 컨트롤에서 자신감이 얼마나 중요한 것인지 깨닫는 계기가 되었다.

제2부 운석(運石) 나 자신을 믿고 전장으로 간다

번은 등장해야 역전의 발판을 마련할 수 있다. 그렇다고 언감생심 '상대가 실수해주겠지' 하고 바둑을 둘 수는 없는 일이다. 하지만 역전의 빌미를 제공하는 상대의 실수와 같은 운도 결국은 일단 내가 최선을 다했을 때만 얻을 수 있다. '하늘은 스스로 돕는 자를 돕는다'는 말처럼, 뜻을 품고 마지막까지 기회를 노리며 최선을 다하면 운도 따른다.

그 대국에서도 그렇게 내게 운이 따라주었다. 유리한 분위기에서 창하오 9단이 느슨하게 물러서면서 유리한 상황을 조금씩 까먹더니 결국 실착까지 겹쳤고, 나는 패권질주하던 창하오 9단을 꺾고 우승컵을 품에 안을 수 있었다. 물론 운이 좋았던 한 판이었지만 그전에 벌어진 절망적인 국면에서 체념하고 역전에 대한 희망을 품지 못했다면 결코 승리할 수 없었을 것이다.

억지로 끌어올린 자신감은 독이다

자신감이나 확신이 부족한 탓에 중요한 승부를 놓친 대국도 있었다. 2009년 LG배 세계기왕전 결승전이 그랬다. 상대였던 구리 9단은 이미 도요타-덴소배와 후지쓰배, 춘란배를 잇달아 휩쓸면서 세계대회 3관왕으로서 거침없는 기세를 보이고 있었다. 확실히 기세란 건 단순한 바둑 실력 이상의 힘이 있는 것 같다. 그 당시에는 나 역시 구리 9단의 기세에 어딘가 모르게 위축되어 있었다. 그래서인지 다른 결승전 때와는 달리 내가 반드시 이길 수 있다는 믿음이 부족했고 마음 한구석에는 불안감이 자리 잡고 있었다. 결국 결승 제1국에서는 완패를 당했다.

제1국을 진 이후 많은 생각을 했다. 바둑이 그처럼 잘 풀리지 않았던 이유가 단지 실력이나 컨디션의 문제만은 아니라고 생각했다. 다른 때와 비교했을 때 바둑판 앞에서 자신감과 확신이 부족했다. 그래서 제2국에 들어가기 전에는 마인드 컨트롤에 각별히 신경을 쓰면서 자신감과 확신을 최상으로 끌어올리기 위해 노력했다.

하지만 그렇게 자신감을 끌어올리기 위해서 신경을 쓴 게 결승 제2국에서 역효과를 냈다. 처음에는 흐름이 좋았다. 그런데 종반에 이르러서 어처구니없는 착각을 하는 바람에 순식간에 바둑이 흐트러졌다. 지금 와서 생각하면 그때의 착각은 조금만 더 신중하게 주의를 기울였더라면 결코 일어나지 않았을, 무척 단순한 수였다. 물론 중요한 대국에서도 가끔씩은 그런 일이 있을 수 있다. 하지만 당시 상황은 너무 자신감과 확신을 가지고 수를 두다 보니 오히려 신중하게 한 번 더 수를 읽고 검토했어야 할 순간에 섣불리 손이 나가버렸다.

역시 뭐든 자연스러워야 한다. 채소도 온실에서 인공적인 조건 속에서 기른 것보다 자연에서 시간을 두고 기른 게 훨씬 맛도 좋고 영양도

제2부 운석(運石) 나 자신을 믿고 전장으로 간다

풍부하다. 마인드 컨트롤도 마찬가지다. 대국에서 지고 자신감과 확신이 떨어져 있는 상황에서 억지로 자신감을 끌어올리려고 하다 보면 오버 페이스가 되어 경솔해질 수 있다. 내 마음이지만 아무 때나 '내 마음대로' 되지는 않는 것이다.

바둑판 앞에서든 바깥에서든 평소에 지속적으로 마음을 안정시키고 상대방이 누구든, 그 기세가 얼마나 대단하든 주눅 들지 않고 자신감을 가질 수 있어야 한다. 억지로 단시간에 만들어낸 자신감은 오히려 독이 된다는 교훈을 뼈저리게 느낀 것이 우승컵을 놓친 대가랄까?

2009년 제13회 LG배 세계기왕전 결승, 라이벌인 구리 9단에 2 대 0으로 패해 준우승. 자연스럽게 끌어올리지 못한 자신감으로 인해 신중하게 수읽기를 못한 것이 패배의 원인이었다.

제2부 운석(運石) 나 자신을 믿고 전장으로 간다

후배들에게 전하고 싶은 말

열세 살에 프로 입단에 성공했을 때, 가족들은 물론이고 바둑계에서도 나에 대한 기대가 컸다. 입단 연령으로 친다면 조훈현 9단과 이창호 9단 다음이라고 할 수 있고 또 천재 기사 소리도 들었으니 바둑 팬들은 바둑계를 깜짝 놀라게 할 만한 성과를 기대했을 것이다. 하지만 좀처럼 눈에 띄는 성적을 내지 못해 기대는 점점 실망으로 바뀌어갔다. 첫 해는 7승 7패로 데뷔치고는 나쁘지 않았지만, 이후 열여덟 살 전까지는 성적이 그다지 좋지 않았다. 가족들도 그렇고 옆에서 보는 사범님들도 지지부진한 모습을 보면서 내심 안타까워했다.

'기재는 특출하지만 노력은 안 한다'는 말도 나오기 시작했다. 그도 그럴 것이 옆에서 보고 있으면 딱히 열심히 바둑을 공부하거나 연구하는 것 같지 않았기 때문이다. 바둑판 앞에 앉아서 열심히 기보를 보며 바둑을 두고 수에 대해서 연구하는 모습이 보여야 하는데 그렇지 않았으니 말이다. 아마 사람들 눈에는 내가 기재만 믿고 빈둥빈둥 노는 것처럼 보였을 것이다.

노력에도, 공부에도 스타일이 있다

하지만 나는 입단 후 성적이 나지 않았던 때도 '노력을 하지 않는다'는 말에 한 번도 동의한 적이 없었다. 바둑판 앞에 앉아서 연구하는 건 내 공부 스타일이 아니었다. 나는 언제 어디서 뭘 하든 머릿속으로는 늘 바둑을 생각하며 연구했다. 그게 내가 바둑을 연구하는 스타일이다. 그때나 지금이나 그 연구 방식은 달라지지 않았다. 어렸을 때는 마음가짐이 성숙하지 못하고 승부 근성이 부족했을 뿐 공부나 연구를 하지 않아 성적이 안 나왔던 건 절대 아니다. 그때와 똑같은 스타일을 여전히 고수하고 있는 지금의 성적이 그 점을 입증한다.

내가 만약 노력을 안 한다는 주위의 말에 휘둘려서 내 스타일이 잘못된 건 아닐까 불안해하고, 그래서 남들처럼 몇 시간씩 바둑판 앞에 앉아 기보를 놓거나 연구하며, 공부 방법을 바꿨다면 오히려 역효과가 났을 것이다. 성적이 그다지 좋지 않았던 때에도 나에 대한 자신감과 믿음을 잃지 않았다. 내 스타일을 꿋꿋하게 지킨 것이 몇 년 후 서서히 성과를 내는 데 큰 힘이 되었다고 믿는다. 바둑기사마다 자기만의 바둑 스타일이 있듯이, 공부 방법 역시 자기만의 스타일과 노하우가 있다. 자신에게 맞지 않는 스타일로 공부를 하면 집중도 안 되며 아무리 시간을 쏟아도 효율은 뚝 떨어져 흥미만 잃게 될 것이다.

물론 현재 자신의 공부 방법에 확신이 들지 않는다면 다른 사람들에게 맞춰가는 것도 나쁘지는 않다. 하지만 이게 내 스타일이라는 느낌이 들거나 다른 사람의 방법은 나와 맞지 않다는 느낌이 들면 주변에서 뭐라 하든 휩쓸리지 말아야 한다.

바둑을 공부하는 학생들이나 신예 기사들을 볼 때 아쉬운 점도 그런 부분이다. 남들과 다른 장점이 있을 때 그걸 특별하게 생각하고 자신 있게 밀어붙이기보다는 남들과 비슷하게 흉내 내는 쪽을 택한다. 왜 자신만의 장점을 포기하려 하는가 싶어서 못내 아쉽다. 그러다 보니 기사들도 '자기만의 색깔'을 점점 잃어가는 경향이 보인다.

남들과 다른 그 부분은 바로 나의 바둑을 특별하게 만드는 중요한 요소일 수도 있고, 특출한 성과를 내게 하는 원동력이 될 수도 있다. 남들이 뭐라고 하든 내 스타일이라고 생각하면 북돋워주고 자신감을 심어주면서 지켜나갈 고집이 있어야 한다.

이런 얘기는 비단 바둑에만 국한되지는 않을 것이다. 어떤 분야에서든 공부를 하는 방법이나 일을 하는 방법이 남들이 보통 하는 방식과는 분명히 다른 사람들이 있는데, 그럴 때도 '난 왜 다르지?' 하며 불안해하고 남들에게 억지로 맞추지 않는 것이 좋다. '나는 틀린 게 아니라 다를 뿐이야. 나는 남들과는 다른 특별한 뭔가가 있어' 하고 자신 있게 밀어붙이는 편이 낫다. 주변에서도 당장 성적에 연연하지 않고 꾸준히 믿어준다면 좋겠지만 그래도 결국은 자기 자신을 얼마나 믿느냐가 가장 중요하다.

어차피 사람들은 겉모습만 보고 판단하기 때문에 시간이 지나면 얼마든지 달라진다. 내 경우에도 결국은 내가 고수했던 스타일로 성적을 내기 시작하면서 '노력을 안 한다'는 말은 쏙 들어가고, "역시 원래 기재가 있었던 사람이니 확실히 다르다"는 말로 바뀌었다. 그들이 어떻게 알겠는가. 나는 내 나름의 방식으로 꾸준히 노력하고 고군분투해왔다는 사실을……

달라야 최고가 될 수 있다

누구나 성적이 좋을 때도 있고 나쁠 때도 있다. 신예도 그렇고 정상급 기사들도 그렇다. 몇 달씩 저조하다가도 그다음에는 좋아진다. 연구생들이라고 해서 그런 기복이 없을 수는 없다. 그런데 요즘 연구생들을 보면 한때의 성적에 지나치게 일희일비하는 것 같다.

예를 들어, 연구생 리그에서 3~4개월 정도 성적이 안 좋으면 영향을 받기 시작하고 자기의 생각과 방법을 믿지 못하면서 흔들리는 것이다. 바둑 스타일을 바꾸어보기도 하고 공부 방법을 바꾸어보기도 한다. 혹시 그렇게 해서 반짝 성적이 좋아질 수도 있다. 일시적으로 불안감을 해소시켜줄 수도 있을 것이다. 하지만 장기적으로 봤을 때 당장의 성적에 연연하며 함부로 자신의 스타일을 바꾸는 건 득보다 실이 많다.

특히 바둑은 남들과 똑같이 생각하고 남들과 똑같은 방법으로 두어서는 최고가 되기가 더 어렵다. 물론 남들과 똑같이 따라 한다고 최고가 될 확률이 완전히 사라지는 건 아니다. 하지만 남들과 똑같은 길을 가는 건 최고가 되기 위한 방법 가운데 가장 힘든 길이다. 얼마나 많은 사람들이 그 길을 달리며 경쟁하겠는가. 주말이나 명절에 남들 다 가는 고속도로에 들어서서 오랜 시간을 소모하는 사람들이 있는가 하면, 남들이 잘 모르는 나만의 경로를 찾아내 목적지에 더 빨리 도착하는 사람도 있다. 남들이 잘 안 가는 길이라도 나에게 어울린다면 그게 최고에 이르는 지름길이 될 수 있다.

이창호 9단의 바둑을 두고 '특별한 수를 두지는 않지만 계산이 정확하고 끝내기에 강하다'고 평가하는 사람들이 있다. 물론 이창호 9단의 강점 가운데 하나는, 당연한 수인데도 남들이 잘 못 보는 수를 정확하게 찾아내는 능력이다. 그리고 형세판단이나 계산도 정밀하다. 그런데 알고 보면 이창호 9단은 아주 특별한 수를 무척 많이 둔다. 다만 겉보기에 화려해 보이지 않아서 눈에 금방 띄지 않을 뿐이다. '이런 수를 도대체 어떻게 생각해냈을까?' 하고 깜짝깜짝 놀라는 수를 정말 많이 둔다.

사실 누가 봐도 '와!' 하고 탄성이 나올 만한 수가 있는가 하면, 바둑을 어지간히 알지 못하고서는 그 수가 왜 대단하고 특별한지 이해하기 힘든 수도 있다. 심지어는 프로바둑기사들조차도 한참 생각한 끝에야 무릎을 탁 치는 수가 있다. 뒤집어 생각해보면 보통 사람들이 쉽게 이해하기 어려운 수야말로 더욱 깊이가 있고 차원이 높은 수인 셈이다.

정확히 알 수는 없지만 이창호 9단도 분명 남들과는 다른 공부 방법이 있었을 것이다. 생각 자체가 다른 기사들과는 구별되는 특별한 면이 있다. 하지만 화려한 전투보다는 안정된 바둑에 비중을 두는 스타일 때문에 그의 바둑에는 특별함이 부족하다고 오해하는 사람들이 많다. 이창호 9단의 성공 비결을 두고 예전에는 '공부벌레'란 말을 하는 사람들이 많았다. 열심히 했기 때문에 최고가 되었다는 사실은 두말할 필요도 없다. 집중력이야 당연히 최고일 것이다. 노력과 집중력은 굳이 비결이라고 말할 것도 없는 기본 중에 기본이다.

그렇다면 그게 전부일까? 과연 최고가 되지 못한 사람들은 열심히 안 하고 게을러서일까? 분명 누가 봐도 열심히 하는 사람들이 있다. 딴짓하느라 시간을 낭비하는 것도 아니다. 그런데도 누구는 최고가 되고 누구는 그렇지 못하다. 왜일까?

결국 최고와 2인자를 가르는 종이 한 장의 차이는 남들이 생각하지 못하는 특별한 '무엇'에 있다. 자신만이 가진 개성과 스타일을 끊임없이 가다듬고 발전시키고, 주위에서 뭐라 하든 확신을 가지고 끝까지 자신만의 바둑을 발전시켜나가는 사람이 최고의 경지에 이를 수 있다. 최고에게는 분명 남들과 다른 점, 특별한 점이 있다. 어떤 사람은 그런 점이 잘 드러나고 어떤 사람은 쉽게 밖으로 드러나지 않을 뿐이다.

판을 엎어라

내 마음속 불청객과의 전쟁

바둑은 분명 상대가 있는 싸움이다. 남녀가 한 팀이 되는 페어 바둑과 같은 특별한 방식이 아니라면 1 대 1 전투로 이루어진다. 하지만 대국에서 내가 맞서야 할 상대는 그게 전부가 아니다. 물론 분명 나와 바둑판을 마주하고 앉아 있는 기사가 가장 큰 상대지만 눈에는 보이지 않는 또 다른 상대가 있다. 바로 내 머릿속에 있는 아주 골치 아픈 상대다. 바둑만큼 '나 자신과의 싸움'이라는 말이 잘 들어맞는 대결도 없을 것이다. 그래서 바둑을 멘탈 스포츠(Mental Sports)라고 부른다.

대국 중에 드는 잡생각, 자연스럽게 받아들여라

프로바둑기사들이 진짜 그럴까 싶겠지만, 대국을 하다 보면 바둑 내

용과 상관없는 잡생각들이 불쑥불쑥 고개를 내밀 때가 있다. 뭔가 심각한 고민이 있을 때만 잡생각이 들어차는 게 아니다. 심지어는 '이 바둑 끝나면 저녁은 뭘 먹지?' '집에 들어갈 때 딸아이한테 뭘 사다 주지?'와 같은 그야말로 뜬금없는 생각들이 튀어나온다. 세계대회 결승전에서 이런 생각을 하고 있다고 말하면 황당하게 들리겠지만 실제로 그런 중요한 대국에서조차도 엉뚱한 잡념이 솟아오를 때가 있다.

아예 잡념이 들지 않도록 그 싹을 잘라버릴 방법이 있다면야 가장 좋겠지만 아무리 중요한 대국에서라도 무의식 속에서 느닷없이 치고 올라오는 잡생각을 근본적으로 차단하는 건 거의 불가능에 가깝다. 이렇게 예방이 안 된다면 어떻게 해야 할까?

차선책이 필요하다. 잡념이 생길 때 어떻게 처신하고 대처할 것인가에 대한 해법은 개인마다 다를 것이고, 프로바둑기사라면 각자 성격이나 스타일에 맞는 비법이 있을 것이다. 내 경우에는 억지로 뿌리치려고 애쓰기보다는 오히려 잡생각에 잠깐 응답을 해준다. '오늘 이기면 삼겹살에다가 소주나 한잔하지' '이따 대국 끝나고 전화해서 딸아이한테 물어보면 되잖아' 이렇게 정리하고 넘겨버리는 것이다.

잡생각이 들면 드는 대로 순응해서 넘겨버리고 나면 잠깐에 그치고 지나갈 수도 있다. 하지만 '내가 지금 팔자 좋게 이런 거나 생각할 때야?

바둑에 집중해야 될 때란 말이야'라는 마음으로 자책하면서 잡생각을 자꾸 떨치려고 애쓰다 보면 오히려 그 생각에 발목을 잡혀서 잡념이 떠나지 않는다. 그러다 결국 마음이 흔들리고 바둑의 페이스까지 잃게 된다. 강물이 흐르듯 순응하면서, 그 강물에 잡다한 이물질(?)이 흘러내려오면 그냥 흘러내려 가게 놔두는 게, 다른 사람에겐 몰라도 내게는 가장 좋은 대처 방법이다.

잡생각 때문에 대국을 망친 가장 뼈아픈 기억은, 역시 2001년 LG배 세계기왕전 결승전이다. 5판 3선승제인 5번기로 치러진 결승전에서 이창호 9단을 상대로 이미 2연승을 거둔 상태였다. 그러니 기세도 한창 절정에 올라 있었다. 이제 세 번째 대국, 이 한 판만 이기면 생애 첫 세계대회 우승을 차지하게 된다. 제3국의 대국 내용도 처음에는 깔끔하고 유리하게 흘러갔다. 중반 무렵까지도 압도적으로 좋은 상황이 이어지면서 승리가 점점 눈앞에 다가왔다.

그러자 서서히 머릿속에서 잡생각의 파도가 일기 시작했다.

'드디어 세계대회 우승을 하나 보구나!'

설렘이 머릿속을 뒤흔들고 가슴 뛰게 만들었다. 그것도 상대가 누군가. 세계를 호령하는 최강 이창호 9단이 아닌가. 그런데 그런 어마어마한 상대를, 그것도 3 대 0으로 물리치고 우승한다니 그 감격이 얼마나 엄청난 건지는 굳이 말할 필요도 없을 것이다. 그러자 별의별 생각들이 한꺼번에 수면 위로 떠올랐다.

'우승을 차지하면 어떻게 되는 거지?'

'상금은 얼마지?'

'기자회견 때 기자들은 뭘 물어볼까? 뭐라고 대답하지?'

아버지, 어머니, 형, 누나, 사범님, 동료와 친구들의 얼굴까지 떠올랐다. 머릿속에 저장되어 있던 것들은 뭐든 한 번씩 다 눈앞에 파노라마처럼 지나가는 것 같았다. 파도로 시작했던 잡생각은 쓰나미가 되어 나를 덮쳤다.

어쩌면 그런 생각이 드는 것도 자연스럽고 당연한 일일지도 모른다. 어떤 프로바둑기사가 첫 세계 타이틀을 앞두고 있는데 평상시처럼 평온한 마음을 유지할까? 깊은 산속에서 수십 년 동안 도를 닦은 사람이라도 그러기는 힘들 것이다. 그보다는 잡생각의 파노라마에 어떻게 대처하느냐가 더 중요할 것이다. 지금 같으면 그런 잡생각이 들이닥쳤을 때 그냥 그러려니 하고 받아줬을 것이다. 바둑은 이미 나에게 유리한 상태였으니 잡생각에 시간을 약간 뺏긴다고 하더라도 그 녀석들이 머릿속을 잠깐 휘젓다 가게 놔둔 다음 다시 바둑에 집중하는 것이 훨씬 나았을 것이다.

판을 엎어라

하지만 그때는 잡생각에 대처하는 방법이 미숙했다. 자꾸만 '이게 뭐야. 내가 지금 무슨 생각을 하고 있는 거야? 이래서는 안 돼. 집중해야 돼' 하며 조바심을 내며 잡념을 떨쳐버리려고 애썼다. 그런데 빠져나가려고 몸부림치면 칠수록 오히려 조여드는 덫에 걸린 사냥감마냥 옴짝달싹 못하게 되어버렸다.

그렇게 잡생각에 꽁꽁 얽매이면서 대국의 집중도가 확 떨어졌다. 그러다 보니 도대체 바둑을 어떻게 두는 건지도 모르게 갑작스럽게 페이스가 무너져버렸다. 바둑판과 맞상대를 해야 할 시간에 잡생각과 치고받는 난투극을 벌이고 있었으니 뭐가 제대로 될 리가 없었다. 우왕좌왕 실착이 이어지고, 결국 흐름이 좋았던 바둑은 어이없는 패배로 끝나고 말았다.

그때 그냥 '그래, 그런 생각 좀 들 수도 있어. 괜찮아' 하고 자연스럽게 여기며 잠시 시간을 내주었다면 아마도 금세 떨쳐버리고 다시 대국에 집중할 수 있었을 것이다. 억지로 뿌리치고 부정하려 들다가 오히려 잡생각에게 휘둘리고 페이스가 무너지는 최악의 결과를 낳았던 것 같다. 그날의 뼈아픈 패배는 지금도 생생할 정도로 못내 아쉽지만, 마음속에서 불쑥불쑥 튀어나오는 잡생각에 어떻게 대처해야 할지에 대해 커다란 교훈을 남겨주었다.

후회도, 결론도 확실히

누구나 후회 없는 삶을 살고 싶어 할 것이다. 하지만 과거를 돌아보면 후회할 일 투성이다. 당장 오늘 하루 내가 한 일만을 놓고 봐도 얼마나 후회스러운 일들이 많은지……. 바둑도 그렇다. 아무것도 후회할 일이 없는 수만 두었다면 그 바둑은 졌든 이겼든 명국 중에 명국이 될 것이다. 하지만 지금까지도 그랬고, 앞으로도 단 한 수의 후회도 없는 바둑을 둘 수 있을 것 같지는 않다. 바둑의 신이라면 모를까.

바둑을 두다 보면, 수를 놓는 순간에는 그게 최선의 수라고 생각했는데 몇 수 지나고 보니 '아차, 그게 아니었구나' 하고 깨달을 때가 있다. 이럴 때 사람마다 반응은 다양할 것이다. 그저 실수했나 보다 하며 이제부터는 좀 더 조심해야겠다는 마음으로 가볍게 넘어가는 기사도 있을 것이다. 실수를 했다고 대국 중에 자책을 하고 너무 민감하게 신경을 쓰면 이후의 바둑에 좋지 않은 영향을 미칠 수 있으니까 그렇게 크게 마음 쓰지 않으려는 것이다.

하지만 나는 실수를 가볍게 넘겨버리면 계속해서 뇌리에 남아 떠나질 않는다. 그렇게 되면 집중력을 잃고 이후 바둑을 망치게 된다. 그래서 두고 나서 '뭔가 잘못 두었구나' 싶은 느낌이 들 때는 빨리 넘어가려 하기보다는 잠깐이나마 마음속으로 후회와 반성의 시간을 갖는다. 그리고 그때 실수했던 상황에서 최선의 응수가 무엇이었는지를 되짚어보고 내가 왜, 어떻게 실수했는지 확실히 매듭짓고 넘어가야만 그 상황을 깨끗이 잊고 이후의 진행에 집중할 수 있게 된다.

과연 대국 중에 마음속에서 일어나는 여러 가지 돌발적인 상황에 어떻게 대처하는가 하는 문제에서 모두에게 똑같이 통용될 만한 정답은 없을 것이다. '갑에겐 약이지만 을에겐 독'이란 말처럼 나한테는 신통하게 잘 맞는 대처법이 다른 사람에게는 오히려 나쁜 효과를 가져올 수도 있다. 결국 자신에게 맞는 대처법을 찾기 위해서는 경험과 시행착오가 필요하다. 바둑에서 실수나 패배는 얼마든지 있을 수 있는 일이다. 길게 본다면 그런 실수나 패배 속에서 무엇을 교훈으로 삼고 무엇을 배우는가가 승패 여부 못지않게 중요할 것이다.

스트레스 해소법

인터뷰를 할 때 자주 받는 질문 중 하나는 이것이다.

"스트레스는 어떻게 푸십니까?"

사람들은 고도의 머리싸움인 바둑 대국이 여간 스트레스 쌓이는 일이 아닐 거라고 생각한다. 부담감이 강한 큰 경기를 앞두고 있을 때나 바둑에 졌을 때, 특히 이기고 있던 판에서 아깝게 역전패한 경우에는 더더욱 그럴 것이라고 생각한다. 바둑은 특히나 스트레스 속에서도 마음의 안정을 유지하는 것이 중요하다. 그러니 바둑 두는 일이 직업인 '이세돌의 스트레스 해소법'에 대해서 많은 사람이 궁금해할 듯하다.

스트레스, 해소보다는 예방을

사실 스트레스를 푸는 별다른 방법은 없다. '치료보다는 예방'을 먼저 하기 때문이다. 굳이 스트레스 해소법이라고 하자면 '애초에 스트레스 거리를 만들지 않는 것'이라고 할 수 있다. 물론 큰 대국을 앞두고 있을 때는 부담이 되는 건 어쩔 수 없다. 5번기 타이틀전에서 2승 2패하고 마지막 제5국을 앞두고 대국장으로 들어갈 때면 당연히 머리가 꽉 조여온다. 압박감이 이루 말할 수 없다. 하지만 대국장에 들어서서 반상과 마주하면 이런 생각을 한다.

'내 삶은 아직도 길고 아직 둬야 할 대국이 얼마나 많은데, 이 한 판 진다고 해서 세상이 무너지나? 내 인생이 끝장나나? 그냥 이건 바둑 한 판일 뿐이잖아?'

'오늘 이 바둑을 져서 이 타이틀을 놓친다고 해서 내가 앉아 있는 마룻바닥이 꺼지는 것도 아니다. 이 타이틀은 내년에도 차지할 수 있고 이것 말고 다른 쟁쟁한 타이틀도 얼마든지 있다.'

이렇게 생각하면 마음이 편안해진다.

패색이 짙어질 때도 마찬가지다. 어느 시점이 되면 '이 바둑은 안 되겠구나'란 감이 온다. 아쉬움이 크게 밀려들기 시작한다.

'그 수는 거기다 뒀어야 하는데, 왜 그걸 못 봤을까.'

뒤늦게 이런저런 후회가 들지만 때는 이미 늦었다. 후회와 자책을 하던 내 두뇌는 어느덧 자기 합리화 모드로 옮겨 간다.

'어차피 졌는데 뭘. 이제 와서 후회해본들 뭐가 달라지겠나? 내가 자책한다고 상대방이 한 수 물러주는 것도 아닌 걸. 다음번에 잘 두면 되잖아?'

그러면 역시 마음이 편해져온다. 이기기 위해서 최선을 다하는 것도 중요하지만 승패를 되돌릴 수 없는 상황이라면 미련을 버리고 현실을 받아들이는 게 최선이다.

그러다 보니 대국이 끝나도 딱히 스트레스 해소법이라고 할 것은 없다. 대국장에서 나올 때 스트레스 쌓일 일은 다 반상 위에다 두고 나오니까. 물론 친한 사람들과 기분 좋게 술 한잔할 때도 있고 바로 집으로 돌아가 TV를 볼 때도 있다. 하지만 바둑에서 이기든 지든 별로 달라지는 건 없다.

바둑은 오랜 시간 동안 고도의 정신 집중이 필요하다 보니 체력 소모도 많다. 따라서 체력 관리 비결에 대해서도 궁금해하는 사람들이 많다. 그런데 이 또한 실망스럽겠지만 특별하게 '관리'라고 할 만한 비법은 없다. 단지 등산을 좋아해서 여유가 있을 때는 산에 자주 오르는 편이다.

취미에 대한 질문을 받을 때도 말하기 곤란하기는 마찬가지다.

“바둑 말고 다른 관심 분야가 있으십니까?”란 질문을 받으면 딱히 할 얘기가 없다. 요즘은 역으로 질문을 한다.

“당신은 관심 가지고 있는 다른 분야가 있으신가요?”

대부분은 대답을 못한다. 골프를 좋아하는 사람들은 골프 정도를 꼽을까. 자전거 타기나 낚시 등 여가 시간에 즐길 수 있는 레저 정도가 고작이다.

결혼을 하고 나니 한 가지 새롭게 관심이 가는 부분이 있긴 하다. 재테크다. 하지만 결혼하고 나면 다들 재테크에 관심을 가지게 마련이니 이것 역시 특별할 건 없다. 사실 바둑계에 몸담고 있는 사람들 중에서는 다른 분야에는 문외한인 경우가 많다.

어렸을 때부터 프로바둑기사를 목표로 삼고 모든 걸 바쳐 바둑 하나만 바라보고 살다 보니 당연한 일일지도 모르겠다. 어렸을 때부터 확실한 목표를 세우고 거기에 집중하는 것도 좋겠지만, 다양한 경험을 해보면서 자신에게 맞는 게 무엇인지 고민하며 성장하는 것도 좋지 않을까? 아무래도 기사들은 바둑 하나만 보고 사느라 세상 돌아가는 것에는 둔감한 편이다. 아마 어렸을 때부터 한 분야만 파고 든 사람들은 나와 비슷하지 않을까 싶기도 하다.

스트레스보다는 설렘이 앞서는 대국

어린 시절에는 바둑 한 판을 크게 부담감을 갖고 둔 적이 거의 없었다. 성적을 내고부터는 확실히 바둑을 앞두고 마음가짐이 달라지긴 했지만. 대국 전날이나 대국장에 들어가기 전, 그리고 바둑판 앞에 앉은 뒤에도 한동안은 마음이 설렌다. 물론 부담감도 있다. 하지만 전체적인 기분은 부담이라고만 하기에는 정말 묘하다. 부담감과 기대감이 뒤섞이면서 오늘 뭔가 재미있는 일이 있을 것만 같은 기분이 드는 것이다. 한편으로는 지면 안 된다는 압박감도 엄청나다. 그래서 대국 전날에는 이미지 트레이닝을 한다. 잠들기 전에 '무조건 이긴다'고 자기최면을 거는 것이다. 다음 날 일어나면 오늘은 정말 이길 것 같은 자신감이 꽉 차 있다.

중요한 대국을 앞두고는 잠을 잘 자지 못한다. 비단 바둑이 아니더라도 내일 아주 중요한 일을 두고 있다면 누구든 평소처럼 잠을 잘 자기는 힘들 것이다. 그렇다고 잠을 설치거나 컨디션을 망치는 정도까진 아니고 평소보다 수면시간이 두세 시간 짧아지는 정도다. 중요한 대국마다 잠을 설쳐서 컨디션을 망쳤다면 지금까지와 같은 성적은 턱도 없었을 것이다.

집을 나설 때도 평소와 별반 다를 게 없다. 중요한 대국이라고 해서 다른 때보다 더 표정이 굳어 있다거나 심각할 것도 없다. 누가 보면 그냥 회사 출근하는 모습쯤으로 보일 풍경이다. 아내도 중요한 대국이라고 해서 특별한 말을 건네지는 않는다. 속으로는 많이 긴장하는 것 같지만 적어도 겉으로는 별 내색을 하지 않는다.

컨디션 조절을 위해 딱히 하는 건 없다. 사실 '컨디션 조절'이란 말 자체가 애매하다. 도대체 어떻게 해야 컨디션 조절을 한다는 건지 아직까지도 잘 모르겠다. 징크스라고 할 것도 없다. 다만 해산물 종류는 잘 안 먹는다. 징크스라기보다는 잘못 먹으면 탈이 나기 쉬운 음식을 피하는 의미에서다. 섬에서 나고 자란 섬소년이라 평소에는 해산물을 무척 좋아하는 편이지만 대국 전후에는 해산물 중에서도 특히 날 음식은 피하는 편이다. 아마 중요한 일을 앞둔 사람들이라면 그 정도는 생각하지 않을까 싶다.

아마 사람들이 내 겉모습이나 행동만 봐서는 "뭐야, 큰 대국을 앞두고 있는데 저렇게 무심해?" 하고 생각할 수도 있겠지만 그건 어디까지나 겉모습일 뿐이다. 내 안에는 기묘함과 설렘이 꽉 차 있다.

바둑기사가 나이를 먹는다는 것

사람이 나이를 먹으면 잃는 것이 있는가 하면 얻는 것도 있다. 배우는 나이를 먹으면서 젊은 시절의 화려한 외모를 잃지만 대신 원숙한 연기력을 얻는다. 운동선수도 나이를 먹으면서 어쩔 수 없이 체력이 떨어지지만 그만큼 경기력이 노련해진다. 바둑기사도 마찬가지다. 자연의 이치를 거스를 수는 없는 법이다. 나이를 먹어가면서 잃는 게 있는가 하면 얻는 것도 있다.

떨어지는 자신감, 향상되는 위기관리능력

대국 중에는 누구도 나에게 도움을 줄 수 없다. 그런 상황에서 누굴 믿어야 할까? 상대가 실수하기를 기대해야 할까? 결국 믿을 건 나밖에 없다. 상황이 나쁘더라도 '나쁘지만 최선을 다하자. 여기서 완벽하게 둘 수 있어' 하고 자신을 믿어야 한다. 운이 좋으면 이길 수도 있다. 상대방도 신이 아닌 이상 실수를 할 것이다. 바둑의 흐름이 조금 나쁘더라도 흔들리지 말고 자신감 있게 두면 상대방이 실수를 안 할 수가 없다. 자신감이 없으면 정상에 오르기는 힘들다.

하지만 나이가 들수록 사람은 겁이 많아진다. 모든 상황을 다 알기 때문이다. 어릴 때야 하룻강아지 범 무서운 줄 모르고 덤빌 수 있지만 나이가 들면 그렇지 않다. 한 판, 한 수에 대한 책임감도 커진다. 또한 사람이 성공만 할 수 없는 법이다. 성공과 실패를 되풀이하다 보면 실패에 대한 두려움이 생긴다. 자연스러운 심리다. 실패에 대한 기억은 더 오래 간다. 그러니 실패의 경험이 쌓이다 보면 조심스러워질 수밖에 없다.

어떤 상황에 맞닥뜨렸을 때, '예전에 이런 상황에서 좋은 바둑을 진 적이 있는데……' 하는 생각이 들기 시작하면 바둑을 끝낼 수 있는 상황인데도 끝내지 못하고 오히려 나에게 말려든다. 수읽기가 완벽하면 이기는 바둑인데 수읽기를 잘못해서 진 경험이 떠오르는 것이다. 그러다 보면 또다시 그 경험을 되풀이할까 두려워진다. 자신을 믿고 끝내야 하는데 끝내지 못하고 역전패를 당하기도 한다. 상대방에게 끌려다니다가 지는 게 아니라 나 자신에게 끌려다니다가 지는 꼴이다.

113
::

나 역시도 그렇다. 어릴 땐 실패에 대한 두려움 같은 건 없었다.

'끝낼 수 있을 때 끝내는 거지 좋으면 뭐해? 끝내질 못하면 말짱 꽝이지.'

그렇게 생각했다. 2003년 정도까지는 확실히 그런 마음이었던 것 같다. 물론 지금도 그런 마인드로 바둑을 둔다. 아니 적어도 가급적이면 그렇게 두려고 노력한다. 끝낼 수 있을 때 끝내는 편이지만 확실히 과거보다는 조심스러운 내 모습을 발견하게 된다. 그럴 수밖에 없다. 자신만만하게 서둘러 끝냈다가 패한 적이 많기 때문이다. 그러니 나도 모르게 '전에 그렇게 끝내다가 졌는데……' 하는 생각이 스멀스멀 고개를 드는 것이다. 나이를 한 살 한 살 먹어가면서 그런 심리가 점점 강해지는 것을 느낀다.

물론 성공과 실패를 통해 얻는 장점도 있다. 위기관리능력은 몰라보게 좋아졌다. 전에는 내가 원하는 스타일과 맞지 않는 바둑을 둬야 할 상황이 되거나, 흐름이 나쁘면 쉽게 무너졌다. 예를 들어, 흐름이 좋았는데 말도 안 되는 실수로 확 나빠진 경우, 전 같으면 와르르 무너지기 십상이었다.

이창호 9단의 강점 중 하나로 꼽혔던 게 바로 이 부분이다. 실수를 해서 바둑이 나빠져도 흔들림이 없었다. 그래서 그의 별명이 '돌부처'이지 않은가. 반면 나는 많이 흔들리는 편이었다. 하지만 요즘 그런 일은 거의 없다. 그만큼 성숙해진 셈이다.

바둑이 너무 나쁘다면 되돌릴 수 없겠지만 큰 실수를 했어도, 그래서 바둑이 좀 나빠져도 '실수했네? 에이, 그럼 열심히 두는 거지. 지금부터 잘 두면 되잖아?' 하고 의연하게 이겨낼 수 있게 되었다. 이런 면은 어릴 때보다는 좋아졌고 앞으로 더 좋아질 수 있을 것 같다.

스타일에 맞지 않는 바둑을 두게 되더라도 편하게 마음을 먹고 둔다.

'이 바둑 한 판인데 뭘. 최선을 다해서 두면 되지. 내가 언제 스타일 가려가면서 뒀나?'

물론 내 스타일에 맞는 바둑이 좋지만 항상 그렇게 둘 수는 없는 노릇이다. 상대가 늘 내 마음대로 따라와 줄 리는 없으니 말이다. 내 스타일과 아예 정반대로 끌려갈 수밖에 없는 상황도 있다. 전에는 스타일에 안 맞으면 너무 괴로웠다. '바둑을 왜 이런 식으로 뒀지? 이게 아닌데, 내 바둑이 아닌데……' 하면서 자책했다. 지금 생각해보면 그냥 열심히 두면 되는데 뭘 그리 고민했는지 웃음이 나온다.

나이를 먹으면서 잃는 것과 얻는 것들

나이가 어렸을 때와 나이가 들었을 때는 각각 장단점이 있다. 두각을 나타내는 프로바둑기사들은 보통 10대 초중반에 프로에 입단한다. 하지만 몇 년 정도는 별 성적을 못 내다가 빠르면 10대 후반, 조금 늦으면 20대 초반부터 성적을 낸다. 경험이 부족하고 실력이 약한 것도 이유겠지만 실력을 제외하고도 약점이 많다.

어렸을 때는 창의력과 상상력이 무한하다. 아이들은 자신이 상상하는 것을 마치 실제처럼 느끼기까지 한다고 얘기한다. 그러니 어른들이 미처 생각하지 못하는 기발한 수를 많이 둔다. 이런 점은 어린 기사들의 장점이다. 하지만 그럼에도 성적을 못 내는 데에는 그럴 만한 이유가 있다. 일단 안정적이지 못하고 흔들리기가 쉽다. 그리고 대부분 자기가 좋아하는 스타일의 바둑이 아니면 심리전에도 쉽게 말려들어서 패배한다. 바둑을 이기고 성적을 내기에는 아직 단점이 더 크게 작용하는 것이다.

나이가 들수록 어렸을 때 가졌던 무궁무진한 상상력은 줄어들 수밖에 없다. 그래서 장점도 사라지지만 안정감이 떨어지고 쉽게 흔들리는 단점이 줄어든다. 이렇게 나이가 들어가면서 플러스되는 점도 생기고 마이너스가 되는 점도 생기는데 둘의 합이 계속 플러스되다 보면 성적으로 나타나게 된다. 20대 초반까지는 이 합이 플러스로 상승곡선을 그리는 폭이 크다. 내 나이 정도에서도 이 합은 좀 더 플러스에 가까운 듯하다. 어쩔 수 없이 어렸을 때의 장점이 사라져가지만, 그보다는 단점이 줄어드는 게 더 큰 상태를 '발전'이라고 할 수 있을 듯하다.

하지만 결국 나이가 들면 이제 사라질 단점도 거의 다 사라지고 장점이 줄어들 일만 남는다. 상상력은 물론이고 집중력도 떨어지기 시작한다. 아무리 집중하려고 노력해도 20대가 집중하고 생각하는 30분과 40대의 30분은 그 효율이 다를 수밖에 없다.

누구도 세월이 가는 걸 붙잡을 수는 없다. 그 하강곡선이 느릿느릿 완만해지도록 최대한 노력하는 수밖에.

바둑은 둬봐야 안다

호랑이는 죽어서 가죽을 남기고, 바둑은 끝나고 기보를 남긴다. 우리는 기보를 보면서 바둑을 복기한다. 그렇다면 기보만으로 그 바둑을 모두 이해할 수 있을까? 어떤 기사의 바둑을 이해하고 연구하려고 할 때 기보만 열심히 들여다보면 될까? 물론 어느 정도 도움은 받을 수 있지만 기보만으로는 안 된다. 바둑의 스타일, 분위기, 그 기사의 '류(流)'가 무엇인지는 실제로 대국을 해봐야 제대로 알 수 있다.

기보로는 절대 이해할 수 없는 '류'

1990년대 중후반에 일본에서 '한국 킬러'로 이름을 날렸던 요다 9단의 이름을 기억하는 사람이 많을 것이다. '일본 바둑 최후의 희망'이라는 말까지 들었지만 결국 그 기사도 지금은 더 이상 세계무대에서 성적을 내지 못하게 되었다. 그와 맞물려 일본 바둑계는 2000년대 들어서 한중일 바둑 삼국지에서 몰락의 길로 접어들었다.

요다 9단이 한국 킬러로 명성을 떨치던 시절, 나는 처음엔 그의 바둑을 인정하지 않았다. 요다 9단과 바둑을 둬본 적이 없었을 때는 기보로만 그의 바둑을 보았다. 요다 9단은 아주 단단한 바둑을 둔다. 한 칸 뛰기, 입 구(口)자 두기 등 이렇게 단단하게 두는 바둑으로 승리를 거둔다. 기보로만 요다 9단의 바둑을 보고 나서는 솔직히 '이게 뭐야?'란 생각이 들었다. 그리고 '내가 두면 무조건 이기겠는걸?' 하며 자만했다.

하지만 요다 9단과 많이 맞붙어본 이창호 9단의 말은 달랐다. 2000년도까지는 이창호 9단이 요다 9단에게 전적에서 많이 밀렸는데, 요다 9단의 바둑이 정말 강하다는 것이었다. 그러나 나는 그 말을 믿지 않았다.

'어디 한 판 붙기만 해봐라. 내가 확실하게 코를 납작하게 해주마.'

이후 나도 드디어 요다 9단과 대국 기회를 갖게 됐다. 그런데 막상 대국을 시작하니 한마디로 장난이 아니었다. 요다 9단처럼 단단하게 둬서 이기는 작전은 바둑으로서는 제일 좋은 방법이고 제일 무서운 수법이다. 한 칸 뛰고 입 구자로 두고……. 그런 방법으로 이겨나가는 게 최고다. 머리 아프게 둘 필요도 없이 가장 심플하고 좋다. 반면 상대방은 갑갑하고 곤란하다. 좀 두다 보면 마땅히 해볼 데도 없다. 너무 단단하다 보니 어떻게 뚫어야 할지 미칠 노릇이다.

이런 바둑도 있구나 싶었다. 2000년대 초에 요다 9단과 여러 차례 맞붙으면서, 기보만 보고 우습게 알았던 내 자만심이 와르르 무너졌다. '이분이 나보다는 한 수 위구나' 싶었다. 바둑 자체도 나보다 한 수 위고, 무엇보다도 자기의 '류'를 완성시킨 사람이었다. 완전한 자기만의 '류'를 구축한 사람인데 시합도 하지 않고 지레짐작을 했으니……. 기보만으로는 요다 9단의 '류'를 이해하지 못한 것이다.

요다 9단과 실제로 대국을 경험하고 나니 현존하는 최고의 기사 가운데 한 명이라고 인정하지 않을 수 없었다. 비록 전적은 내가 3승 1패였지만 내용으로 보자면 오히려 1승 3패라고 봐도 무방했다. 그리고 1966년생인 요다 9단과 1983년생인 내 나이 차가 열일곱 살이니, 나이에서 오는 부담과 한계도 있었을 것이다.

마흔까지만 정상에 있을 수 있다면

나이 얘기가 나온 김에 한마디하자면, 스포츠 선수들이 나이를 먹으면 아무래도 신체 조건은 천천히 하강곡선을 그리게 마련이다. 대부분 프로 스포츠에서는 30대 중반을 넘어서면 슬슬 전력이 떨어지고, 마흔이 넘어가면 현역에 머물러 있는 것도 쉽지 않다. 그렇다면 바둑은? 가만히 앉아서 머리만 쓰는 것이니 다른 스포츠보다 나이는 그리 큰 문제가 안 될 것처럼 보이지만 그렇지 않다. 바둑도 확실히 나이와 상관관계가 있다.

사람마다 편차는 있겠지만 마흔 살이 넘어가면 바둑이 쉽지 않다. 쉰이 넘은 나이에도 세계대회 우승까지 차지하며 정상급의 기력을 유지하고 있는 조훈현 9단은 인간의 한계를 초월한 사람이다. 그런 예는 바둑계에서 좀처럼 찾아보기 어렵다. 감히 이야기하지만 그의 기록을 뛰어넘을 수 있는 기사는 아마 지금으로서는 이창호 9단이 유일하지 않을까 싶다. 솔직히 나도 자신이 없다. 지금까지의 기록도 뒤처지지만 지금과 같은 절정의 기력을 마흔, 쉰이 넘어서까지 유지할 사람은 아무래도 이창호 9단뿐일 듯하다.

예전부터 마흔을 넘기고서도 기력을 유지할 자신은 없었다. 하물며 쉰은 언감생심이다. 마흔까지만이라도 정상급의 위치에 있을 수 있다면 나로서는 할 만큼 한 거다. 그만하면 내 바둑 인생은 성공한 거라고 누구에게든 자신 있게 얘기할 수 있을 것이다.

'나는 바둑을 둬서 마흔까지 정상급의 위치에 있었다, 그러니 난 성공한 기사고 난 일류였다.'

그렇게 얘기해도 부끄럽지는 않을 듯하다.

물론 딱 마흔까지만 바둑을 두겠다는 얘기는 아니다. 욕심 같아선 할아버지가 되어서도 계속 바둑을 두고 싶다. 그래도 일단 마흔까지만이라도 지금의 모습을 유지할 수 있다면 그 누구에게도 자랑스러울 것이다. 이후로는 성적도 떨어지겠지만 설령 '나이 때문에 그런 거지 낸들 어쩔 수 있나?' 이렇게 얘기해도 비겁한 변명이 되진 않을 것이다.

20대, 30대에는 정말 대단한 바둑을 보여주던 정상급의 기사들이 40대를 넘기면서 하강곡선을 그리면 바둑 팬들로서는 아쉬울 수밖에 없다. 하지만 그게 자연스러운 인간의 생리이며 자연의 섭리다. 그리고 지는 별이 있으면 뜨는 별도 있는 법. 나이를 먹으면서 정상에서 천천히 하산하는 기사들이 있으면 반대편에는 떠오르는 젊은 신예들이 열심히 정상을 향해 오르막길을 탄다. 나도 그런 흐름 속에서 자연스럽게 나이를 먹어가고, 언젠가는 지금의 자리에서 내려올 날이 있을 것이다. 마흔을 넘기고 당당하게 내 바둑 인생은 성공했다고 말할 수 있기를 바라본다.

중국 리그의 의미

2004년부터는 중국 리그에 출전하기 시작했다. 한국에 있는 여러 대회 그리고 한국 리그와 세계대회 일정만도 만만치는 않았다. 게다가 중국 리그에까지 나가다 보니 한국과 중국을 수시로 오가는 빡빡한 일정을 소화해야 했다. 2010년에는 이런저런 사정으로 중국 리그에 나가지 않았지만 2009년까지는 한국과 중국을 오가며 버스 타듯이 비행기를 타고 다녔다.

'초읽기' 스케줄

사실 2009년에는 정말 힘들었다. 빡빡한 일정 때문에 피로가 누적되어 체력적으로 힘들었다. 휴직 전에는 1년에 100판을 넘게 뒀으니

제2부 운석(運石) 나 자신을 믿고 전장으로 간다

까……. 한국 리그의 특성상 방송을 해야 하기 때문에 대국은 저녁 7시에서 9시에 열린다. 그 때문에 체력적인 부담이 컸다. 여기에 중국 리그까지 참가하니 스케줄이 거의 초읽기 수준이었다.

예를 들어, 중국 구이저우에서 시합이 끝나고 나면 이튿날 새벽 4~5시에 두 시간 거리에 있는 공항으로 출발한다. 그리고 2시간 40분 동안 비행기를 타고 인천공항에 도착한다(이것도 직항편이 없기 때문에 베이징에서 한 번 갈아타야 한다). 공항에서 한국기원이 있는 왕십리까지 가는 시간도 만만치 않다. 그리고 또 바둑을 둔다. 초읽기에 몰리는 스케줄이었다. 한국에서 대회 예선전에 참가하고 그날 바로 중국으로 날아가서 그다음 날 바둑을 두고, 또 그날 다시 한국으로 와서 예선전에 참가한 적도 있었다.

워낙에 스케줄이 빡빡하다 보니 이런 일도 있었다. 어떤 바둑대회 결승전 때 일이었다. 국내 최고 기전 중 하나여서 정말 신경 써야 할 대국이었다. 그런데 다음 날 중국 리그 대국이 있었다. 오늘 마지막 비행기를 못 타면 중국 리그를 펑크 내게 된다. 그러다 보니 마음이 초조해졌고 대국을 그야말로 정신없이 초스피드로 뒀다. 바둑을 어떻게 됐는지 기억도 안 날 만큼 정신이 없었는데, 결국은 공항에 도착하니 시간이 남을 정도였다.

아마 이렇게 얘기하면, 한국의 대국 일정도 바쁜데 그렇게 살인적인 스케줄을 감수해가면서 중국 리그까지 뛰어야 할 이유가 뭐냐고 물을 것이다. 물론 그럴 만한 이유가 있었다.

중국 리그는 돈을 떠나서 내게는 남다른 의미가 있다. 중국 리그가 좀 더 규모가 큰데 한국 리그보다 두 배 가까이 크다고 보면 될 것이다. 그리고 한국 리그는 속기전이다. 규정을 방송용으로 맞추다 보니 제한시간이 없고 계속 초읽기로 이어지는 초속기전이다. 하지만 중국 리그는 제한시간이 2시간 40분으로 세계대회와 비슷하다. 또한 바둑 공부에도 큰 도움이 된다. 중국 기사들을 만날 기회는 세계대회뿐이지만 중국 리그에 참여하면 중국의 일류 기사들과 많은 경험을 쌓을 수 있다. 그렇기 때문에 중국 리그는 나의 성장을 위해서도 쉽게 포기할 수 없었다. 돈이 전부라면 그렇게까지 힘든 스케줄을 뛰어가면서 중국 리그에 참여하지는 않았을 것이다.

슬럼프에서 나를 구해줬던 중국 리그

내가 중국 리그에 애착을 가졌던 가장 큰 이유는 나 자신이 한 단계 성장하는 계기가 되었고 바둑에서도 많은 걸 얻었기 때문이었다. 2003년도 하반기부터 2004년도 상반기까지는 극심한 슬럼프였다. 슬럼프라기

::
제2부 운석(運石) 나 자신을 믿고 전장으로 간다

보다는 나태해졌다고 보는 게 맞을 것이다. 2003년 LG배 세계바둑대회에서 거대한 산 같은 존재였던 이창호 9단에게 이겨서 우승을 차지했고 곧바로 후지쓰배까지 우승했다. 그러다 보니 자만심이 커졌다.

지금 생각해보면 어이없을 만큼 한심한 생각이었지만 '내가 세계 최고'라는 생각이 나를 지배하고 있었다. 정신이 나태해지면 성적으로 나타나는 법이다. 후지쓰배 우승 이후로는 그야말로 가관이었다. 평소에는 승률이 평균 70퍼센트는 나왔는데 2003년도 하반기부터는 승률이 50퍼센트가 안 됐다. 반타작도 안 되는 형편없는 성적이었다. 정상에 있다가 나락으로 떨어지니 제대로 슬럼프에 빠져버렸다.

그렇게 헤매는 상황에서 2004년부터 중국 리그에 출전하게 되었고 여러 가지 면에서 많이 배웠다. 한국과는 전혀 다른 공간에서 자만심을 떨쳐내고 심기일전해서 컨디션을 되찾을 수 있었던 것이다. 2005년부터 다시 좋은 성적을 낼 수 있었던 전환점을 꼽으라면 단연 중국 리그 참가였다. 바둑기사가 슬럼프에 한번 빠지면 장기화로 이어지기 쉽고, 아예 슬럼프에서 빠져나오지 못하고 쇠퇴해버리는 경우도 있다. 그런 위기 상황에서 탈출할 수 있도록 신선한 활력을 불어넣어 준 계기가 바로 중국 리그였다.

워낙에 슬럼프 시기였으니 첫 해에는 중국 리그에서도 성적이 안 좋았지만, 새로운 환경에서 중국 기사 특유의 바둑 스타일을 체득하면서 내 수법을 더 다양하게 발전시킬 수 있었다. 나를 중국 리그로 불러 준 구이저우 팀에게 지금도 고마운 마음을 갖고 있다.

중국 리그에는 한국에서 절대로 배울 수 없는 것들이 있었다. 말로는 쉽게 표현할 수 없지만 한국 기사와 중국 기사 사이에는 스타일의 차이, 즉 기풍의 차이가 있다. 서로가 상대방이 갖고 있지 않은 무엇인가가 있다. 정의 내리기는 힘들다. 바둑을 둬봐야 안다. 경험을 통해서 감각으로 깨닫게 되는 것이다. 세계대회만으로 그런 감을 익히기란 쉽지 않다.

중국 리그에 참여하면서 바둑 역시 성숙해졌고 그들의 스타일을 받아들이면서 내 바둑의 수법들이 다양해졌다. 한국에서는 배우지 못하는 것들을 얻었고, 이를 통해서 더 성장할 수 있었는데, 과연 최고를 지향하는 프로바둑기사가 그런 좋은 기회를 쉽게 포기할 수 있을까?

물론 나는 한국의 프로바둑기사이므로 한국 대회와 한국 리그에 집중하는 게 한국 팬들에게도, 팀이나 스폰서에게도 좋을 것이다. 하지만 생각을 달리하자면, 중국에서 많이 배워 바둑을 향상시킴으로서 세계대회에서 중국 기사들을 이기는 것 역시 한국 바둑계가 바라는 바가 아닐까? 특히나 요즘처럼 세계 바둑의 판도가 한국과 중국의 양강 구도로 가고 있는 상황이라면 더더욱 '적을 알고 나를 아는 경험'이 필요하다.

요즘 중국 리그에서는 여러 한국 기사가 활약하고 있으며 이창호 9단도 2010년에는 중국 리그에 참가했다. 중국 리그는 1부·2부·3부 리그에 해당하는 갑조·을조·병조 리그가 있는데 나는 2004년부터 계속 갑조 리그에 참가했다.

일정을 맞추기는 을조가 편하다. 갑조는 시즌이 길고 대국 일정이 띄엄띄엄 떨어져 있어서 대국이 한 번 있을 때마다 중국을 왔다 갔다 해야 하는데 을조는 한 시즌에 일곱 판을 두고 11일 정도면 일정이 다 끝난다. 시즌이 짧게 몰아서 진행되기 때문에 그 시기만 비워두고 중국에 한 번만 다녀오면 일정 관리가 아주 편하다. 을조라고 해서 갑조에 비해 대우가 못하다거나 수입이 많이 낮은 것도 아니다. 을조에 있는 팀들은 갑조로 승격하는 게 목표기 때문에 팀에서 갑조 못지않게 투자를 많이 한다.

그래도 견딜 수 있다면 갑조 리그에 있는 게 낫다고 본다. 1년에 열 번 정도는 중국을 오가야 하니까 일정 문제나 체력적으로 부담이 있지만 중국 최고의 기사들이 모여 있는 갑조 리그가 성장을 위해서는 좋지 않을까 싶다.

당대 최고의 이창호 9단이 왜 1부 리그인 갑조가 아니라 을조에 참가하는지 이상하게 생각하는 팬들도 있을 것이다. 하지만 그에게 갑조나

을조냐는 별 의미가 없다. 이창호 9단이 갑조 리그에서 바둑을 업그레이드시킬 수 있다고 보기는 어렵다. 그런 수준은 이미 뛰어넘었기 때문이다. 그리고 이제는 30대 중반의 나이다. 빡빡한 국내 일정에 중국 리그까지 챙기려면 아무래도 중국을 계속 오가야 하는 갑조는 체력 부담이 있다. 을조 리그라고 해서 기사들 수준이 많이 떨어지는 것도 아니고 좋은 기사들도 많이 있다. 주제넘은 소리겠지만 이창호 9단이 분위기도 전환할 겸 을조 리그에 참여하기로 한 결정은 좋은 선택이었다고 본다.

제3부 행마

나는 생각한다, 고로 바둑을 둔다

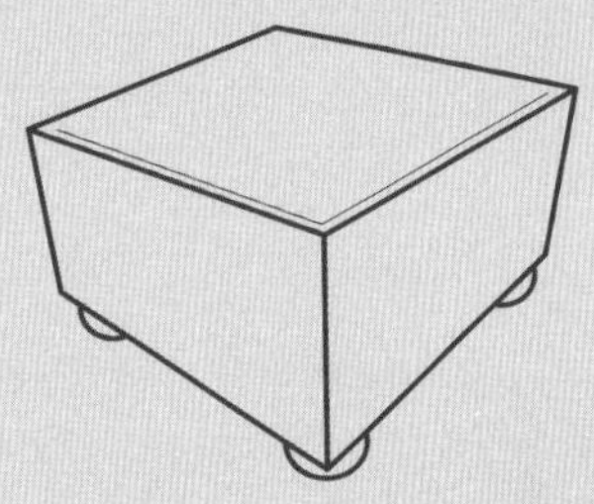

행마(行馬) :
바둑에서 세력을 펴서 돌을 놓음.

바둑과 인생, 비교할 수 없다

바둑과 인생을 비교하는 사람들이 많다. 바둑은 인생의 축소판이라는 얘기도 많이 한다. 하지만 아무리 생각해봐도 바둑과 인생은 비교하기 어렵다. 바둑뿐만이 아니라 어떤 직업, 어떤 분야에서 어떤 일을 한다고 해도 그 일을 인생과 비교하기는 쉽지 않다. 물론 야구든 축구든 뭐든, 말을 만들어 갖다 붙여 인생과 비유할 수는 있겠지만 그중에서도 바둑은 비교하기에 쉽지 않아 보인다(물론 내가 가장 잘 아는 게 바둑이라서 그럴지도 모르지만).

불확실한 인생, 예측 가능한 바둑

사람들은 불확실성을 싫어한다. 모두가 마찬가지일 것이다. 그러니까 많은 이가 자신과 가족의 앞날이 궁금해서 점을 보러 가기도 하고, '오늘의 운세'를 보며 운신의 폭을 결정하기도 한다. 물론 그런 예측이 척척 맞아떨어진다면 살면서 걱정 같은 건 할 필요가 없을 것이다. 내일 둘 대국에서 이길지 질지 미리 안다면 이기든 지든 뭐가 부담이 되겠는가.

우리가 살면서 암에 걸릴 확률이 얼마나 될까? 우리나라 사람이 평균수명까지 산다면 암에 걸릴 확률이 25퍼센트 정도 된다고 한다. 네 명 중에 한 명이 걸린다는 말이다. 하지만 많은 사람이 암보험에 든다. 그 25퍼센트에 내가 속할지 아닐지 누가 알까. 주식에 투자할 때도 그렇다. 1억 원이 있다고 가정하고 가장 수익이 많이 나는 곳에 모든 돈을 넣는다면 가장 많이 벌 수 있을 것이다. 그러나 현실적으로는 가진 돈을 전부 한곳에만 투자하는 건 위험하다고 이구동성으로 얘기한다. 그래서 분산투자란 말이 나온다. 그런데 전문가 중에 전문가인 증권사나 경제연구소의 애널리스트가 내놓는 주가예측도 틀릴 때가 비일비재하다.

인생은 워낙에 불확실하고 확실한 예측방법도 없으니 뜻하지 않는 일이 닥쳤을 때 대처할 수 있는 안전한 대책이 필요하다. 그래서 사람들은 저축도 하고 보험도 들고, 될 수 있으면 예기치 못한 때를 대비한 안전장치를 마련하려고 한다. 언제 도둑이 들지 모르니까 창문에 쇠창살을 달아서 밖에서 창을 넘어 들어오지 못하게도 한다. 그런데 불이 나면 그 창살 때문에 창문으로 탈출하지 못할 수도 있다.

바둑은 어떨까? 바둑도 인생처럼 한 치 앞을 못 볼까? 그렇지는 않다. 인생은 당장 내일 무슨 일이 날지 알 수 없다. 내일 당장 전쟁이 날지 천재지변이 날지 누가 장담할 수 있을까. 하지만 바둑은 앞날을 예측할 수 있다. 물론 100퍼센트는 아니다. 사람이 두는 바둑이니 실수도 있고 착각도 있기 때문이다. 하지만 노력하다 보면 앞으로 어떤 수가 나올지 예측할 수 있는 확률은 점점 올라간다. 인생은 한곳에 올인하면 위험하다고 하지만 바둑은 이게 맞다는 확신이 들면 주저 없이 올인해야 한다.

바둑도 인생도 선택의 연속, 하지만 선택의 본질은 다르다

물론 어떤 두 가지를 나란히 놓아도 크고 작은 공통점 몇 가지는 발견할 수 있다. 하다못해 전혀 관계없는 두 사람을 놓고 봐도 어딘가 한 부분은 닮은 구석이 있게 마련이니까. 예를 들면, 인생도 바둑도 선택의 연속이라는 점에서 공통점을 가진다고 말할 수 있다. 하지만 한 치 앞을 내다보지 못하는 인생과 다음 상황을 예측할 수 있는 바둑은 전혀 다르다.

아무리 위대한 석학도 내일 세상에 무슨 일이 일어날지는 확신하지 못한다. 하지만 바둑은 그렇지 않다. 그리고 수많은 경험이 몸에 배어 있는 프로바둑기사는 더더욱 다르다. 완벽하게 수를 다 읽어내고 모든 것을 다 꿰뚫지 못하더라도, 어떤 상황이 닥쳤을 때 '모르겠지만 그래도 이게 낫더라' 하고 본능적으로 판단할 수 있다. 그리고 그 판단은 착각이나 실수가 아니라면 대부분 프로바둑기사마다 비슷비슷하다. 그래서 프로바둑기사들이 보는 수는 비슷하다.

인생은 어떨까? 아무리 경험이 많다고 해도 사람들이 보는 앞날이 비슷할까? 나보다 나이가 많은 어르신들이 있다고 생각해보자. 저마다 '내 경험으로는 이게 맞아' 하고 주장하지만 나오는 얘기들은 천차만별이다. 방송의 토론 프로그램을 봐도 어떤 이슈에 대해서 토론자들 사이에 의견 일치가 이뤄지는 경우는 거의 못 봤다.

하지만 바둑은 그렇지 않다. 대국이 진행되는 동안 검토실에 모여 있는 기사들의 의견은 대체로 일치하게 마련이다. 대국 중계에서도 해설자가 앞으로의 수를 예측하는 얘기를 들어보면 실제 대국도 거의 똑같은 수순으로 진행되는 경우가 많다. 해설자가 바둑을 두는 기사의 속마음을 꿰뚫어 봐서일까? 아니면 직접 물어보기라도 했을까? 비슷한 수를 보기 때문에 가능한 일이다.

'선택의 연속'이라는 말만 놓고 보자면 바둑과 인생은 같을지 모르지만 선택의 본질은 전혀 다르다. 바둑과 인생이 정말 그렇게 비슷하다면,

정상급 프로바둑기사는 다들 성인군자여야 한다. 프로바둑기사는 늘 조용히 바둑판 앞에 앉아서 사색에 잠겨 있다고 생각하는 사람들에게는 그럴지도 모르겠다. 하지만 대국장 바깥에서는 프로바둑기사들도 보통 사람들과 다를 바가 없다. 장점도 있고 결점도 있다. 나 역시 마찬가지다. 바둑 얘기만 안 하고 있으면 내 얼굴을 모르는 사람들은 누구도 나를 바둑기사라고 생각하지 못할 것이다.

때때로 비유하기 쉬운 부분들은 있겠지만, 그래서 말 만들기 좋아하는 사람들에게는 바둑과 인생의 공통점이 좋은 소재일 수는 있겠지만, 바둑을 두는 사람의 입장에서 본다면 바둑과 인생을 비교하기란 무리가 있다.

신수가 사라지는 요즘 바둑

시대의 흐름을 막을 수는 없다. 특히나 인터넷은 우리 삶을 정말 많이 바꿔놓았다. 요즘은 언제 어디서든 인터넷으로 손쉽게 정보를 얻을 수 있다. 나도 인터넷을 많이 활용하기 때문에 인터넷 시대의 수혜자라고 할 수 있다. 그런데 정보를 얻고 공유하는 일이 쉬워지면서 사라져가는 것들이 있다.

어제 나온 신수, 오늘이면 끝

내가 어느 날 기발한 신수(神手)를 생각해냈다고 하자. 그리고 대국에서 이 신수를 둬서 성공을 거두었다고 하자. 그러면 다른 기사들이 이 수에 적응하거나 타개하는 데에는 꽤 시간이 걸린다. 예전에는 잘 키운

한 신수로 여러 대국에서 재미를 볼 수 있었다. 그러나 지금은 어림도 없는 소리다.

내가 서울에 올라왔을 무렵, 기사들이 기보를 구하려면 한국기원에 가서 복사해와야 했다. 그때는 기보를 손으로 그리기도 했다. 기보를 복사해서 자기네 도장에 가지고 와서 도장 사람들끼리 돌려 본다. 그게 기보를 얻는 거의 유일한 경로였다. 서울도 그런 형편인데 비금도 같은 시골이야 말할 필요도 없다. 당시 기보는 아무나 쉽게 구할 수 있는 게 아니었다.

기보를 구하기 쉽지 않았던 시절에는 신수가 의미 있었다. 기보가 기사나 바둑인들에게 퍼지기까지 시간이 걸렸고, 개인이 가진 생각이나 정보를 공유할 방법도 별달리 없었기 때문이었다. 기보를 보다 보면 '어? 이런 수가 있었네?' 싶을 만큼 눈에 퍼뜩 들어오는 수가 있다. 그러면 '나도 이 수를 응용해볼까?' 하고 생각하게 된다. 예전부터 생각했지만 아직 실행에 옮기지 못했던 어떤 수가 있었는데, 기보를 보니 누가 그런 수를 둔 것을 발견할 때도 있다. 그 신수로 대국에서 결과도 좋았다. 그러면 내 생각이 맞았으니 기분도 좋고 나도 한번 둬봐야겠다는 생각도 든다. 이런 연구는 개개인이 알아서 할 일이었다.

하지만 지금은 인터넷만 있으면 전국 어디서나 손쉽게 기보를 얻을 수 있다. 대국이 끝나자마자 거의 실시간으로 기보가 뜬다. 인터넷 게시판이나 카페를 통해서 토론도 활발하게 이루어진다. 그러니 정보를 공유하는 것도 무척 쉽다. 대국 하루만 지나면 "봤어? 그 수?" 하고 소문이 퍼진다. 다들 인터넷에 올라온 기보를 통해서 그 수를 보고, 만만치 않다 싶으면 프로든 아마추어든 너도 나도 연구에 들어가서 며칠 안으로 결과를 내고 인터넷에도 올린다.

정보가 빠르게 공유되는 것도 좋고 그럼으로써 수가 발전하는 것도 좋다. 그렇지만 기발한 수를 찾아내고 다른 대국에서 나타난 수를 머리 싸매고 연구하고 이를 타개해보는 것도 바둑기사로서 하나의 낙이었는데 이제 그런 즐거움이 없어졌다. 정보가 인터넷을 통해서 돌아다니고 손쉽게 검색되며 그런 정보를 찾아서 가져다 쓰는 것도 능력이 되는 시대다. 그러다 보니 신수에 대한 연구를 별로 하지 않게 된다. 내가 굳이 머리 싸매고 열을 올리지 않아도 가만히 있으면 인터넷에 정보가 다 뜨니까. 그러다 보니 신수의 유효기간도 확 줄어버렸다. 신수란 녀석은 대박을 주기도 하지만 독이 될 수도 있다. 어디까지나 자기 혼자서 생각한 것이기 때문에 사실은 별 게 아닌 걸 나 혼자서 신수라고 자아도취에 빠져 있을 수도 있다. 그러니 대국에서 이 수를 시험해보고 싶어진다. 그런데 한 판만 두면 금방 인터넷으로 퍼지고 너도 나도 달라붙어서 금방 싹 풀어헤쳐지니 이제는 '시운전'도 해볼 수가 없다. 결국은 아주 중요한 때, 예를 들면 결승전이 올 때까지 참을 수밖에 없다. 결국 1회용 수로 전락하는 것이다. 그러니 요즘 같은 시대에 신수가 갖는 의미는 사라진 것 같다.

초반 대국의 평준화 시대

인터넷이 대중화되면서 또 한 가지 찬밥 신세가 되어가고 있는 것이 초반이다. 초반에 대해서는 중국 기사들이 많은 연구를 한다. 공동연구도 무척 활발하다. 공동연구가 꼭 장점만 있는 건 아니지만 중국 기사들은 좋은 방향으로 발전시키고 있는 듯하다.

하지만 그렇게 열심히 연구를 해도 한계가 있다. 중국 기사들이 열심히 초반 연구를 해서 실제 대국에서 적용을 하면 곧바로 인터넷을 타고 한국에 퍼진다. 그러면 곧바로 연구에 들어간다. 물론 반대로 한국에서 뭔가 좋은 초반을 둔 대국이 나오면 곧바로 중국에서 연구에 들어간다. 요즘은 전체적인 초반의 감각은 확실히, 연구를 많이 한 중국이 나은 것 같다는 얘기가 많지만 문제는 중요성이 많이 줄어들었다는 데 있다.

예전에는 초반이 아주 중요했다. 초반의 실력 편차도 큰 편이었고, 초반을 잘 둠으로써 바둑 전체를 유리하게 이끌어나가는 기사들도 있었

판을 엎어라

다. 하지만 요즘 초반은 평준화 시대라고 봐도 과언이 아니다. 연구생이라도 프로바둑기사들과 별반 차이를 느끼기 어렵다. 물론 가끔 실력이 약한 연구생이 프로와의 대국에서 초반부터 와르르 무너질 때도 있긴 하지만 웬만하면 초반은 비슷비슷하다. 그 정도로 초반에 대해서는 바닥까지 많이 파헤쳐졌다. 게다가 내가 굳이 초반에 대해서 기를 쓰고 연구할 필요도 없다.

물론 인터넷이 대중화된 지금 상황이 바둑에 독만 되는 것은 절대 아니다. 바둑 전체의 발전이란 면에서 보았을 때는 분명 큰 공헌도 했다. 바둑의 수에 대한 발전에는 이러한 정보의 공유가 많은 도움이 되었다. 아마추어들도 좋은 기보를 마음껏 볼 수 있으니 실력 향상에 도움이 많이 되었을 것이다. 특히나 지방의 바둑 팬들도 서울과 정보 격차가 대폭 줄어들었으니 어쩌면 잃은 것보다는 얻은 게 더 많을지도 모른다.

포털 사이트에서 검색하면 안 뜨는 정보가 없는 시대다. 바둑이라고 해서 예외는 아니다. 시대의 흐름이 그러니, 분명히 발전이고 당연한 변화이긴 하다. 그래도 정보의 홍수 속에서 신수의 빛나는 모습이 사라져 가는 현실은 못내 아쉽다.

바둑을 두면 머리가 좋아진다?

아이의 손을 잡고 도장을 찾는 학부모들 중에서는 바둑을 두면 아이의 머리가 좋아진다고 생각하는 사람들이 많다. 바둑은 머리를 많이 써야 하는 두뇌 스포츠니까 아이의 IQ 향상에 도움이 될 거라고 생각하는 것 같다. 바둑을 배우고 두는 과정에서 집중하고 연구하는 습관을 들임으로써 학습 능력 향상의 효과를 이끌어낼 수는 있을 것이다. 하지만 바둑을 배우면 머리가 좋아진다고 말할 근거는 아직 확실치 않다.

집중력과 창의력에는 플러스

바둑을 배우게 되면 집중력이 길러진다. 하지만 그것만으로 머리가 좋아지진 않는다. 바둑만이 아니라 무엇이든 배운다면 우리 두뇌가 가지고 있는 수많은 측면 가운데 어떤 특정한 부분에 좋은 영향을 미치기는 할 것이다. 예를 들어, 영어단어를 열심히 암기하다 보면 외우는 능력은 좋아진다. 하지만 '영어단어를 암기하면 머리가 좋아진다'고 말하기는 힘들지 않을까?

바둑을 배우면 창의성과 집중력이 길러진다. 이런 효과는 데이터로 뽑아낼 수도 있다.

그러나 여기에도 한 가지 조건이 있다. 달랑 6개월 배우고 집중력이 좋아질 거라고 기대하면 큰 오산이라는 것이다. 6개월이라는 기간은 '그냥 한번 바둑을 배워본 것'으로 끝난다. 제대로 효과가 나타나려면 적어도 1년 이상은 배워야 한다. 그래야만 바둑에 대한 실력도 어느 정도 형성된다. 어느 정도 시간과 노력을 들여야 집중력도 의미 있는 수준으로 향상되고 배운 효과도 나타나는 법이다.

집중력을 끌어올리면 물론 부수적인 효과도 있을 것이다. 예를 들어, 순간적인 판단력을 기르는 데는 도움이 된다. 판단력 또한 집중력에서 비롯되기 때문이다. 바둑을 배우다 보면 1분 1초가 아까운 급한 상황에서 빨리 판단을 내릴 수 있게 된다. 하지만 바둑이 전체적인 두뇌 개발 스포츠라고 말하기에는 무리가 있다. '바둑을 둬서 IQ가 좋아진다?' 그건 아니다.

어설프게 배우는 것은 시간 낭비

물론 바둑을 배우는 것은 분명히 아이에게 도움이 된다. 어느 정도 기력에 이르면 집중력이 좋아지는 건 물론이고 평생 즐길 수 있는 취미를 하나 가지게 된다. 그런데 조급한 부모들은 뭔가 대단한 기대를 가지고 아이에게 바둑을 가르치지만 몇 달 해봐도 당장 효과가 나타나지 않으니 쉽게 실망하고 그만둬버린다. 아예 바둑을 모르는 것보다야 맛이라도 본 게 나을지는 모르겠지만 겨우 6개월 정도 배워서 그 아이가 바둑을 얼마나 알고, 얼마나 바둑을 즐길 수 있을까? 바둑의 천재라면 모를까, 반년 배운 것은 취미로 키우기에도 부족한 시간이다.

바둑을 배우는 아이들 모두가 프로를 목표로 올인하라는 건 아니다. 아이를 피아노 학원에 보낸다고 해서 피아니스트로 만들 생각은 아니지 않은가. 악기 하나쯤 연주할 줄 알면 아이의 삶에 도움이 된다. 음감에도 도움이 될 것이고, 음악을 즐기고 예술적 감수성을 키우는 데에도 분명 좋은 영향을 미칠 것이다. 그런데 피아노를 3개월쯤 배우고 그만둔다면 과연 아이가 얻을 수 있는 게 뭐가 있을까. 별 소득도 없는 일에 돈을 쓴 것도 낭비지만, 아이에게는 참으로 중요한 시간을 낭비한 것이다. 피아노든 바둑이든 어설프게 배우다 마는 건 좋지 않다. 도움도 별로 안 되고 어디서 다른 사람에게 배웠다고 보여주기에도 창피하다. 석

달 배운 실력으로 남 앞에서 피아노 치면서 노래 한 곡이라도 제대로 부를 수 있을까?

프로가 된다는 건 중대한 결정이다. 자기 인생을 거는 문제다. 프로가 되는 것도 힘들지만 되고 나서도 유지하기 힘들다. 하지만 거기까지 가지 않더라도 기왕 바둑을 배우기로 했다면 그래도 남는 게 있어야 한다. 아이에게 의미 있는 수준의 기력이 길러지도록 할 필요가 있다. 그런데 3개월, 6개월 다니고 당장 효과가 없다면서, 아니면 우리 아이가 바둑 천재가 아닌 것 같다면서 그만두게 하는 부모들을 보면 안타깝다.

어설프게 그만두면 그만큼 손해다. 기회비용이란 말도 있듯이 그 시간에 다른 가치 있는 일도 많을 텐데 그런 식으로 아까운 시간과 돈을 낭비할 이유가 뭘까? 애초부터 아이에게 맞는 걸 시키는 편이 낫다. 아이에게 바둑을 가르치기로 결심한 학부모들은 최소한 1년 6개월 정도는 가르치고 참을성 있게 기다릴 줄 알아야 한다. 그 정도 기간 이상은 배워야 평생 좋은 취미도 될 수 있고, 집중력도 높아져 괜찮은 자산으로 남을 것이다.

왜 여성들은 바둑을 안 배울까?

옛날부터 정말로 궁금한 점이 있었다.

'여성들은 왜 바둑을 안 배울까?'

바둑계에서는 바둑 인구가 줄어들고 있다는 걱정을 하고 있지만, 여성들이 바둑에 대해서 무관심하게 여기는 건 신기할 정도다. 워낙 바둑 두는 사람들이 줄어서 그렇기도 하겠지만 지금 우리나라의 여성 바둑 인구 수준은 그냥 넘길 문제가 아니다.

바둑이야말로 남녀평등 스포츠

모든 스포츠가 그렇겠지만 바둑도 맛을 알면 그 재미야 말할 것도 없다. 특히 바둑은 남녀가 대등하게 싸울 수 있는 몇 안 되는 스포츠다. 바

판을 엎어라

둑을 동성끼리 둬야 할 이유는 없으니까. 그런데 왜 여성들은 바둑을 외면할까? 체력이 강하게 요구되는 것도 아닌데 정말 궁금하다.

'바둑처럼 앉아서 경기를 하는 프로게이머들을 봐도 남자와 여자의 실력 격차가 크지 않는가?' 하고 반문할 수도 있을 것이다. 하지만 스타크래프트와 같은 게임은 앉아서 하는 게임에서도 신체 조건이 무척 중요하다. '컨트롤 속도'라는 벽이 있기 때문이다. 머리만이 아니라 몸의 반응속도가 중요하다. 프로게이머들이 컨트롤을 하는 속도를 보면 눈이 핑핑 돌 정도다. 겉보기에는 그저 키보드와 마우스를 두들기는 단순 손가락 운동쯤으로 치부될 수도 있겠지만 축구나 농구와 똑같은 개념으로 볼 수도 있다. 하지만 바둑은 순간적인 신체의 반응속도가 필요하지 않다. 그런 면에서는 남자와 대등하게 싸워볼 만한 스포츠다.

물론 외국에도 여성 바둑기사가 많지 않다. 그러나 우리나라는 남자와 여자의 성비가 심각하다. 한국기원에도 여자 연구생들이 있지만 남자와 비교하기 민망할 정도다. 남녀의 신체적인 차이가 원인인 것 같지는 않다. 여성 바둑계는 그 수도 워낙 적고 선수층도 남자와는 비교할 수 없을 정도로 얇으니 수준이 낮을 수밖에 없다. 그리고 여성들은 주로 여성들끼리 대국을 하다 보니 그 틀 안에 갇혀 있는 점도 이유로 꼽을 수 있을 것이다. 부익부 빈익빈 현상으로 격차가 커지다 보니, '바둑은 여자한테 안 맞는다'는 증명도 안 된 이론이 은연중에 정착했다.

만약 여성 바둑 인구가 크게 늘어난다면 과연 남녀 중에 어느 쪽이 더 잘할지는 누구도 쉽게 장담할 수 없을 것이다. 어쩌면 그때야말로 뭇 사람들의 주장처럼, 정말로 남녀 사이에는 근본적으로 뇌 구조에 따른 바둑 실력 차이가 있는 것인지를 입증할 수 있을 것이다. 그때 가면 바둑은 오히려 여성이 더 잘하는 스포츠라는 결론이 나올지도 모르겠지만, 지금으로서는 비교 자체가 안 된다.

달리 말하면 여성들에게 바둑은 블루오션이기도 하다. 남자들의 세계에서는 경쟁이 너무 치열하다. 하지만 여자는 실력이 있다면 문이 더 넓게 열려 있다. 그만큼 남자들보다 더 많은 기회를 얻을 수 있고, 더 많은 관심을 불러일으킬 수 있다. 남자들의 전유물로 여겨지는 분야에 여성들이 도전하고 성과를 내면 더욱 돋보이는 것이야 말할 필요도 없지 않을까?

바둑, 고리타분한 이미지를 벗다

바둑은 고리타분하다는 선입견을 가진 사람들이 많다. 젊은 사람들, 특히 여성들은 더 그런 생각을 하는 것 같다. 여전히 바둑은 너구리 잡는 굴처럼 연기 자욱한 기원에서 줄담배를 피우면서 두는 한가한 신선

놀음이라고 생각하는 사람들이 있다. 하지만 시대가 변하면서 바둑도 변했다.

예전에는 프로 시합에서도 담배가 허용됐지만 지금은 어림도 없는 일이다. 1994년부터는 한국기원에서, 대국실 내에서 담배를 피우지 못하도록 규정했고, 기사회에서도 2001년부터는 공식적으로 대국 시 금연을 결정했다. 꼭 프로가 아니더라도 대국 중 담배를 피우는 것은 요즘 분위기에선 당연히 매너에 어긋난다. 서로 합의하에 맞담배를 피우는 경우도 있긴 하지만, 담배를 피우지 않는 기사가 수를 고민하고 있을 때 상대가 앞에서 담배연기를 내뿜으면 집중이 될 리가 없다. 바둑도 이제는 그런 매너를 따지고 지킨다. 지금은 시합 바둑에서 흡연은 상상도 못한다.

내기 바둑에 대한 부정적 이미지도 있을 것이다. 요즘도 내기 바둑이 있기는 하다. 하지만 어디 바둑뿐이랴? 어느 스포츠에서든 가벼운 내기 정도는 용납이 된다. 점심값이나 술값 내기 정도를 도박이라고 말하는 사람은 없을 것이다. 도박 수준으로 큰 판돈을 걸고 내기 바둑을 두던 시절도 있었지만 지금은 그렇지 않다. 내기라 하더라도 '사다리 타기' 정도로 귀여운 수준이다.

바둑을 한 판 두는 데는 시간이 많이 들기 때문에 한량들의 소일거리로 보는 사람도 있다. 하지만 요즘은 프로 바둑도 90분이면 끝난다. 아마추어들은 더 심하다. 10분 만에 후딱 한 판을 두는 사람들도 있다. 10분을 두고도 즐겁다면야 그 사람 스타일이지만 그건 너무 심한 것 같고, 그래도 30분 정도라면 바둑의 재미를 느끼는 데 부족하지는 않을 것이다.

물론 요즘 세상이 점점 빨라지고, 다들 빠른 것만 찾는 추세에서는 그조차도 느리고 고리타분해 보일 수 있다. 물론 컴퓨터 게임도 나쁘지 않은 취미다. 나도 한때 스타크래프트의 재미에 푹 빠졌고 지금도 가끔 게임을 즐긴다. 하지만 너무 빠른 것만 찾는 것도 지겹지 않을까? 빠른 것들은 넘쳐흐르며 속도도 점점 빨라진다. 그렇게 모든 것이 빨라지는 세상 속에서 하나쯤 느릿한 걸 즐길 줄 알면 더 행복해지지 않을까? 빠른 것을 즐기는 와중에 때로는 여유를 갖는다면 균형 잡힌 삶이 되지 않을까?

바둑은 천재의 스포츠가 아니다

바둑에는 소위 '기재'란 게 있는데, '바둑에 대한 재능'을 이르는 말이다. '프로바둑기사로 대성하려면 기재가 있어야 한다'는 말도 많이 한다. 그렇지만 기재가 성공하는 프로바둑기사의 필수조건은 아니다.

기재가 바둑의 전부는 아니다

사람에게는 누구나 타고난 재능이 있고 저마다 재능 있는 분야가 다르다. 누구는 바둑을 잘하고, 누구는 피아노를 잘 치고, 누구는 축구를 잘한다.

대개 재능의 차이로 실력이 결정되는 분야가 있긴 하지만 바둑의 경우엔 차이가 그렇게 심하지 않다. 쉬운 예로, 음악을 하는 사람들 중 선천적으로 절대음감을 타고나는 이들이 있다. 이들은 보통 사람들보다는 유리한 고지에서 음악을 시작하는 셈이다. 하지만 바둑에는 선천적으로 타고나지 못하면 절대 가질 수 없는, 그런 재능은 없는 듯하다.

물론 기재가 있으면 출발선보다 한발 앞에 있으니 유리하다. 1년을 같이 배웠는데 나와 다른 친구가 두 점 차이가 난다면 당시의 차이야 어쩔 수 없을 것이다. 하지만 장기적으로 봤을 때 그 차이를 극복할 수 없는 정도는 아니다. 배움의 초기에 앞서나가는 건 그다지 중요하지 않다. 기재는 절대 넘을 수 없는 장벽이 아니다. 바둑에 대한 흥미와 집중력이 있다면 기재가 부족하다고 노력도 안 해보고 포기할 필요가 없다.

뻔뻔하게 말하자면 나의 경우는 '천재형'이었다. 남보다 바둑을 배우는 속도가 빨랐다. 그런 면에서는 기재가 있다고 생각한다. 기발한 수를 생각해내거나 전투형 바둑을 즐기는 기사들을 두고 '기재가 있다'는 말을 많이 한다. 사람들이 기재에 대해서 판단할 때 제일 중요한 척도는 생각지도 못했거나 기발한 수를 찾아내는 능력일 것이다.

'그 아이 실력으로는 이런 수를 생각해낼 수 없었을 텐데 그렇게 두다니.'

이때 기재가 있다고 판단하는 것이다. 하지만 '기발함'만이 바둑의 전부는 아니고, 그게 있어야만 대성하는 것도 아니다. 좁은 바둑판 안에서는 알고 보면 당연한 수인데도 사람들이 생각 못 하는 부분이 있다. 이창호 9단은 그런 수를 잘 찾아내는 게 주특기다. 그래서 세세한 곳에서 좋은 수를 둔다. 사람들이 흔히 말하는 '기발한 수'는 아니지만, 기발한 수보다 '당연하지만 놓치는 수'가 더 강력할 때가 많다.

예전에는 바둑에 대한 정보가 절대적으로 부족했고 공동연구가 드물었기 때문에 혼자서 많이 연구해야 했다. 따라서 그 시절에는 타고난 기재가 크게 작용했을 것이다. 그런데 요즘은 정보 과잉이라고 해도 좋을 정도로 정보의 양이 방대하고 구하기도 쉬우며, 교육 시설도 쉽게 찾을 수 있고 온라인 바둑사이트도 많다. 지방에 사는 아마추어도 원하는 기보를 손쉽게 구할 수 있다. 이런 시대에는 기재의 중요성이 상대적으로 줄어들 수밖에 없다.

기재를 극복하는 '노력' 그리고 '마인드'의 힘

사람들이 흔히 기재의 중요성에 대해서 얘기할 때 입단 연혁과 성적 사이의 상관관계를 예로 든다. 물론 대성한 사람들이 빨리 입단한 통계는 있다. 그래서 사람들은 도식적으로 어린 나이에 입단할수록 대성한다고 쉽게 판단한다. 하지만 열다섯 살까지는 그보다 일찍 입단한 사람들과 별 차이가 없다. 노력 여하에 따라서는 열여섯 살 입단도 큰 차이가 안 난다고 본다. 사람들은 나이만을 따지지만 나는 생각이 다르다.

기재도 중요하고 노력도 중요하지만 무엇보다 두각을 드러내는 사람들은 마인드가 다르다. 그런데 '마인드'를 기재라고 할 수 있을까? 그것까지 전부 기재로 우겨 넣는다면 바둑은 기재가 전부일 것이다. 하지만 마인드는 기재의 영역과는 다르다.

나는 큰 시합 전날에는 자기 전에 '무조건 이긴다'고 자기최면을 걸곤 한다. 그걸 기재라고 볼 수 있을까? 내가 부족하니까 계속 연구하고 노력하고 자기최면까지 걸면서 부족함을 채워나가는 것이다. 그렇게 하면 기재의 차이는 충분히 극복할 수 있다.

바둑은 자기를 믿지 못하면 될 것도 안 되고, 반대로 자신감을 가지고 두면 안 되는 것도 된다. 자신감을 가지고 있으면, 내 기에 상대가 위축되고 물러서게 된다. 반대로 자신감이 없으면, 되는 수인데도 불안감 때문에 섣불리 실행에 옮기지 못하는데 그 경우엔 될 일도 안 된다.

아무리 좋은 기재를 가지고 기발한 수를 생각해도 마인드가 따라주지 않으면 제대로 실력 발휘를 할 수가 없다. 두려움을 떨쳐야 한다. 바둑을 둘 때 상대방이 어떻게 받을지 두려워해서는 안 된다. 무엇보다 자기 자신을 믿어야 한다. 하지만 자신을 못 믿고 상대방의 응수를 두려워하는 사람들이 있다. 그건 기재와 상관이 없다. 노력을 통해서 충분히 변화시켜나갈 수 있다.

그렇기 때문에 바둑을 배우는 사람들에게 특별한 자기만의 마인드를 키워주는 게 필요하다. 자신에 대한 믿음, 자신감, 기세, 그밖에도 여러 가지 마음가짐이 있을 것이다. 무엇이 중요한 마음가짐인지 가르쳐주어야 한다. 나도 도장을 운영하고 있는 입장에서 마인드를 전수해주기가 쉽지 않다는 것은 잘 알고 있다. 그게 그렇게 쉬운 일이었다면 누군가 정상에 올랐을 것이다. 하지만 역시 재능이 없다고 못 할 일도 아니다.

공부 방법도 사람들마다 차이가 있다. 하루에 10시간 공부하는 사람보다 5시간 공부한 사람이 더 성적이 좋으면 사람들은 "아, 그 아이는 머리가 더 좋으니까. 천재니까 5시간만 공부해도 충분하지" 하고 쉽게 얘기한다. 과연 천재여서 그럴까? 공부할 때의 집중도, 마음가짐, 방법 그리고 노하우에서 오는 차이가 있다. 이런 걸 IQ라고 하지는 않는다. 유명한 학자들 중에서는 뜻밖에 평범한 IQ를 가진 사람들도 적지 않다. IQ가 좋으면 유리하겠지만 최종병기가 되진 않는다. 머리 좋은 것만 가지고는 성공할 수 없다. 바둑 역시 IQ가 높다고 잘 두게 되는 건 아니다.

내가 기재를 부정하려는 것은 아니다. 바둑은 천재들만 하는 것이라거나 천재가 아닌 보통 사람은 절대 성공하지 못한다며 지레 포기하는 것을 염려하는 것이다. 평계는 이제 그만두자.

세상에 대충 둬도 괜찮은 바둑이란 없다

앞에서 말했듯 프로 입단 후에도 나는 1년 정도 더 도장에 다녔다. 큰형도 군대에 가서 마땅히 바둑기사로서 내 중심을 잡아줄 사람도 없었고, 경제적으로 넉넉하지 않았으니 따로 거처를 마련할 수 있는 형편도 아니었다. 기숙사에 머물면서 혼자, 가끔은 큰누나와 함께 도장에 나갔다. 입단 전에도 사범님들은 나를 그다지 터치하지 않는 편이었지만 입단 이후에는 더 자유스러운 생활을 했다.

약한 상대에게 최선을 다하지 않으면
강한 상대에게도 마찬가지다

입단 후 얼마 동안 도장 생활을 계속하면서 좋은 점도 있었다. 입단은 했으나 아직 모자란 면들이 있었고 대국을 통해서 배워야 할 점도 많았다. 도장에서 실전 경험을 쌓을 수 있었던 것은 가장 좋은 점이었지만 한편으로 안 좋은 점도 있었다. 입단 전에는 지도 사범들을 제외하고는 가장 잘 두는 축에 속했지만 그래도 여전히 제자의 위치였다. 그때는 약한 상대에도 최선을 다해 바둑을 뒀다. 그런데 입단 후 상황이 달라졌다. 프로가 되고 나니 어린 마음에 우쭐해졌고 자만심이 슬슬 똬리를 틀기 시작했다. 그러면서 나보다 약하다고 생각되는 상대는 우습게 봤다. 아직 입단하지 않은 상대와 바둑을 둘 때는 '나는 프로고 상대는 아마추어야'라는 생각에 최선을 다하지 않고 설렁설렁 해치웠다.

바둑기사라면 상대가 약하다고 해서 최선을 다하지 않는 태도를 경계해야 한다. 갓 프로가 된 신인이든, 정상의 자리에 오른 고수든 상대를 얕잡아보는 태도를 고치지 않으면 나쁜 습관이 생긴다. 최선을 다하지 않는 태도를 이렇게 합리화하고 싶을지도 모르겠다.

"상대가 약하니까 최선을 다하지 않아도 얼마든지 이길 수 있는데 굳이 힘을 쓸 필요가 없잖아? 강한 상대와 둘 때 최선을 다해서 열심히 두면 되지. 그게 페이스 조절이잖아."

얼핏 그럴듯하다. 상대가 약하면 최선을 다하지 않아도 이길 수는 있을 것이다.

하지만 그런 식으로 바둑 두는 습관이 생기기 시작하면 자신의 바둑 전체가 오염된다. 약한 상대인지 강한 상대인지 따지는 것도 나의 주관에 불과하다. 사람은 자신의 능력을 과대평가하고, 상대방을 과소평가하는 심리가 조금씩은 있게 마련이다. 그렇기 때문에 실제로는 자신보다 약한 상대가 아닌데도 얕잡아 보고 최선을 다하지 않는 버릇이 생긴다. 그러다 보면 결국 '누구와 둬도 최선을 다하지 않는' 바둑을 두게 된다. 그때의 결과는 굳이 말할 필요도 없다.

물론 한 해에 수십 판, 많게는 100판이 넘는 바둑을 둬야 하는 프로 바둑기사가 모든 대국에 100퍼센트 집중력을 발휘할 수는 없다. 하지만 자신의 대국 일정이나 컨디션에 따라서 페이스 조절을 하는 것과 상대가 약해 보인다고 최선을 다하지 않는 건 전혀 다른 문제다.

신예 바둑기사들 중에서는 이런 심리적인 함정에 빠져서 자칫 나쁜 습관을 들이는 경우가 있다. 반드시 경계해야 할 마음속의 적이다. 호랑이는 사냥을 할 때 큼직한 사슴이든 작고 약한 토끼든 최선을 다해서 뒤쫓아 먹잇감을 구한다. 자기 자신을 컨트롤하고 상대가 누구든 최선을 다하는 자세로 바둑을 두어야만 성장할 수 있다.

입단 후 도장에서 계속 바둑을 둘 수 있었던 건 분명 좋은 기회였음에도 내 자만심 때문에 장점을 십분 살리지 못했다. 권갑용 사범님도 도장에서 바둑을 두는 모습을 가끔 보시면서, 내가 약한 상대에겐 건성으로 바둑을 두는 것을 알고 계셨을 것이다. 어렸을 때 바둑을 빨리빨리 대충 두다가 완패하고 나서 아버지에게 호되게 혼이 났던 것처럼, 바둑을 아는 사람이라면 지금 대국을 두는 사람이 최선을 다하고 있는지 아닌지는 눈에 훤히 보인다. 하지만 사범님은 내게 별다른 말씀을 하지 않으셨다. 아마도 자신의 문제점을 스스로 깨우치기를 기다리셨던 것 같다. 다른 사람이 문제점을 지적하면 빨리 깨우치고 바로잡을 수 있다. 그런데 자존심이 센 사람은 덤덤하게 받아들이지 못하는 경우가 있다. 사범님은 그러한 위험부담을 고려해서 나에게 스스로 생각할 시간을 더 주신 것 같다.

앞서 말했듯 사범님은 나를 일일이 코치하는 스타일이 아니었다. 지시한 방향대로 몰고 가는 게 아니라 스스로 깨닫도록 놓아주셨다. 큰형이 입대하기 전에는 옆에서 돌봐줄 사람이 있어서 안심하신 것도 있지만 가끔은 엇나가더라도 스스로 문제를 깨닫고 제자리로 돌아왔었다. 사범님은 제자의 나쁜 습관을 보고도 나의 성향을 고려해서 사려 깊은 판단을 하신 것이다. 병이 걸렸을 때 당장 증상을 낫게 해주는 약보다 시간이 걸려도 면역력을 길러서 병의 근원을 치료하는 방법이 더 효과적일 때가 있는 것처럼 말이다.

입단 후 스스로 마음속의 문제점을 깨닫고 마음을 바로잡는 데까지는 시간이 걸렸다. 사범님이 그때 당장 쓴소리를 했으면 어땠을까? 말 한마디보다 기다림을 택하신 건 사려 깊은 선택이었다고 생각한다.

선택과 집중

입단 초기, 아직 도장에 나가던 때의 일이다. 권갑용 사범님이 용돈기입장을 쓰는 게 어떻겠느냐고 말했다. 이제 프로바둑기사가 되어 앞으로는 대국료를 비롯한 수입이 생길 것이니 수입과 지출을 관리하는 습관을 지금부터 들이는 게 좋겠다는 이유였다. 나만이 아니라 나이 어린 제자들에게는 모두 용돈기입장을 쓰는 습관을 들이도록 했다.

입단 초기에는 누나가 내 수입을 관리했지만 언제까지나 누나한테만 맡길 수는 없었다. 다른 사람이 관리해준다고 해도 내 돈이 들고 나가는 흐름을 알 필요도 있을 것 같았다. 앞일을 대비해서 지금부터 미리미리 습관을 들이는 것도 필요했다.

제대로 하든가, 아니면 하지 마라

하지만 나는 용돈기입장을 제대로 쓰지 않았다. 지출을 꼼꼼하게 관리하기 위해서는 오늘 어디에 얼마를 썼는지 세부적으로 항목을 나눠서 적어야 한다. 예를 들면, 교통비 얼마, 과자값 얼마, 점심에는 뭘 먹었고 얼마였는지를 매일매일 적어야 돈의 흐름을 분석할 수 있다. 그런데 나는 달랑 오늘 지출한 총금액만 뭉뚱그려서 적어버렸다. 사실 용돈기입장을 적는 일은 너무 귀찮았다. 가끔은 밀린 방학 숙제하듯 며칠씩 몰아서 정확하지도 않은 금액을 대충 적기도 했다.

그러던 어느 날이었다. 사범님이 내 용돈기입장을 보더니 피식 웃으면서 이렇게 말했다.

"물론 당장 바둑에 도움 되는 건 아니겠지만 용돈기입장을 꼼꼼하게 적는 습관을 들이는 게 앞일을 위해서 좋다. 이런 식으로 쓰려면 차라리 쓰지 마라."

'이럴 거면 하지 마라'는 말을 들었을 때 뭔가 가슴을 쿵 치는 것 같았다. 사범님은 꾸짖는 것이 아니라 헛웃음을 지으면서 '아직 필요를 못 느끼는 것 같으니 하지 말자'는 뉘앙스로 말했다. 할 거면 제대로 하든가, 못 하겠으면 못 하겠다고 분명히 의사 표현을 하든가, 어느 쪽으로든 내가 분명한 태도를 보였어야 했다. 하지만 나는 용돈기입장을 쓰는 게 정말 싫었지만 못 하겠다고 똑 부러지게 말한 적이 없었다. 이유야 어쨌든 하겠다고 해놓고서는 제대로 하지도 않으며 미적미적하고 있었던 것이다.

사범님 말씀에 정신을 차리고 용돈기입장을 꼼꼼히 적었을 거라고 예상할지 모르겠지만 나는 용돈기입장 쓰는 일을 그만두었다. 사범님도 별 말씀이 없었다. '이 녀석은 꼼꼼하게 관리하고 챙기는 스타일이 아닌가 보구나. 그럼 뭐하러 용돈기입장 따위에 노력을 낭비하나?' 하고 생각했던 것 같았다.

바둑 공부도 그렇다. 공부할 때 집중이 안 돼서 고민이라면 답은 간단하다. 집중이 안 될 때는 안 하는 게 낫다. 바둑판 앞에 앉아 기보를 보면서 공부하는 학생들의 모습을 볼 때 가끔은 마음속으로 '저건 아닌데……' 하고 고개를 설레설레 흔들게 되는 경우가 있다. 바둑을 놓는 모습에 성의가 없어 보일 때다. 그냥 기보 순서대로 기계적으로 놓기만 할 뿐 집중도 하지 않고 흥미도 없이 앉아 있느니 차라리 그 시간에 잠을 자는 게 낫다. 안 하는 것만도 못하다. 시간 때우기용으로 남들도 하니까 해야 한다는 생각으로 하다 보면 그게 타성이 되고 습관이 된다.

이는 바둑에만 해당되는 얘기는 아닐 것이다. 놀 거 다 놀고 그다지 열심히 공부하는 것 같아 보이지 않는데, 책상머리에서 밤늦게까지 머리 싸매고 끙끙거리는 학생들보다 성적이 더 잘 나오는 학생들이 있다. 그런 학생들을 볼 때 사람들은 단순히 '쟤는 천재니까 IQ가 엄청나게 높을 거야' 하며 타고난 머리를 부러워한다.

그런데 우리가 착각하고 있는 게 있다. 공부를 오래 하는 것과 많이 하는 것은 다르다는 사실이다. 책상 앞에 10시간을 앉아 있어도 실제로 공부하는 시간은 그의 반도 안 되는 사람들이 있는가 하면 5시간을 앉아 있어도 훨씬 집중해서 효율적으로 그 시간을 쓰는 사람들이 있다. 공부든 일이든 단순히 몇 시간을 들였는가보다는 얼마나 집중해서 효율적으로 했는가가 더욱 중요하다. 책상 앞에 앉아 있는 시간이 그리 길지 않은데도 공부를 잘한다면 그 학생은 분명 자기에게 잘 맞는 효율적인 공부 스타일과 노하우를 갖고 있는 것이다. 그건 누가 가르쳐주는 게 아니라 나를 가장 잘 아는 나 자신이 찾아야 할 몫이다.

나도 나름대로의 공부 방법과 노하우가 있지만 이것 역시 누구에게나 맞는 방법이 아니다. 분명 어떤 사람들은 바둑판 앞에서 열심히 바둑돌을 놓아가면서 공부하는 쪽이 더 잘 맞을 것이다. 기억해야 할 점은 단순히 바둑판 앞에 몇 시간 앉아 있었는가를 노력의 척도로 삼아서는 안 된다는 사실이다.

내 길이 아니면 빨리 포기하라

바둑을 둘 때도 제대로 하든지 아니면 안 한다. 바둑에서 수를 두는 길은 무궁무진하다. 물론 어떤 상황에서는 반드시 그 수로 받아야 하는 외길인 경우도 있지만 또 어떤 상황에서는 두 가지 방법이 있고, 또 다른 상황에서는 선택할 수 있는 길이 여러 가지일 때가 있다. 외길이라면 생각할 필요도 없고 두 가지 중에서 하나를 선택해야 할 때도 양자택일의 문제이니 상대적으로 단순하다. 그런데 호각지세로 선택할 수 있는 길이 네다섯 가지라면 어떻게 해야 할까?

그럴 때 내가 쓰는 방법은 '빨리 포기하는 것'이다. 가령 호각지세인 길이 A에서 D까지 네 가지가 있다고 했을 때, 그런 상황에서 다른 기사들이라면 보통 B라는 길을 선택한다고 해도 내 감이 '그건 느낌도 별로 좋지 않고 내가 둘 바둑이 아니다'라고 신호를 보낸다면 빨리 포기해 버린다. 남들이라면 그렇게 둔다고 해도 나에게 맞지도 않고 결국은 그쪽으로 둘 것 같지도 않은 길을 붙들고 있어봤자 시간 낭비일 뿐이다. 미련 없이 포기하는 게 낫다.

실전으로 다져진 감이란 정말 무섭다. 호각지세인 여러 갈림길이 있을 때 어떤 게 내 스타일인가는 빠른 시간 안에 감으로 파악할 수 있다. 그 감으로 초기 단계에서 경우의 수를 줄이는 것이다. 물론 남겨진 수를 모두 판단했을 때 감과는 달리 별로 좋지 않은 경우도 있다. 그럴 때라면 초기 단계에서 치워놓았던 길을 다시 생각해볼 수는 있겠지만 대체로는 초기 단계의 '필터링'이 좋은 결과를 낳는다.

바둑에서 1분 1초의 시간이 얼마나 중요한가. 일단 초읽기에 몰리기 시작하면 심리적 안정감도 떨어지고 실수를 할 확률도 높아진다. 정말 이 바둑을 이기기 위해서 꼭 필요한 생각에는 시간을 아무리 써도 아깝지 않지만 결국은 선택도 하지 않을 길에 혹시나 하는 생각 때문에 머뭇거린다면 단 1분도 커다란 낭비다. 생각할 게 많아지면 머리가 복잡해진다. 머리가 복잡해지면 착각이나 실수를 할 확률도 올라간다.

아무튼 그 때문에 전에는 바둑을 빨리 두는 편이었다. 요즘은 시간을 충분히 쓰고 내가 다음에 쓸 수를 좀 더 신중하게 판단한다. 그렇다고 해도 '두지 않을 수'를 빨리 포기하는 버릇은 여전히 남아 있다.

'선택과 집중'이라는 말이 있다. 어떤 일을 하든지 자신이 할 수 있는 일을 선택한 후에는 집중해서 전력투구하라는 것이다. 바둑에도 그런 효율성이 필요하다. 흥미도 없고 잘하지도 못할 일에 어설프게 매달려서 낭비할 만큼 우리가 가진 시간이 무궁무진한 건 아니지 않은가.

'좋은 바둑'이란 무엇일까?

바둑기사들은 모두 '좋은 바둑'을 두고 싶어 한다. 그런데 '좋은 바둑'이란 무엇일까? 나는 좋은 바둑이란 '잘 어울려 나가는 바둑'이라고 생각한다. 초반부터 끝까지 실수 없이 잘 어울리는 바둑이라면 좋은 바둑이라고 해도 좋을 것이다.

명국 그리고 완승국

신이 보기에는 실수투성이인 바둑이어도 사람이 보기에 별다른 실수가 없다면 명국(名局)이라고 부를 수 있을 것이다. 물론 실수에 대한 정의가 다르다면 이견은 있을 수 있다. 예를 들어, 이창호 9단이 내 바둑에 대해 이렇게 말할 수도 있다.

제3부 행마(行馬) 나는 생각한다, 고로 바둑을 둔다

"나 같으면 이렇게 두겠지만 너처럼 둘 수도 있겠네. 그렇게 둬도 실수는 아니겠구나. 그게 네 스타일이지."

스타일이 달라 다르게 두는 수를 실수라고 할 수는 없을 것이다.

흑백이 어울려서 전투가 붙고, 정확한 수읽기를 바탕으로 공격과 수비를 주고받다가 결국에는 타협을 하게 될 것이다. 바둑에서 아무리 전투가 벌어져도 서로 실수가 없으면 결국은 타협을 한다. 그러면 그 차이는 미세하다. 아주 큰 실력 차이가 나지 않는다면 타협의 결과는 미세할 수밖에 없는 게 바둑의 이치다. 또한 아무리 미세한 차이라고 해도 결국은 반집 차이로라도 누군가는 이기게 될 것이다.

하지만 반집승과 같은 미세한 승패만이 명국이고, 불계패(不計敗)라고 해서 명국이 아니라고 할 수는 없다. 실수 없이 바둑을 뒀지만, 반집 아니면 한 집 반이 나쁜 상황에서 마땅히 해볼 데가 없다면? 마지막으로 승부수를 던졌는데 그게 통하지 않고 상대가 잘 응수했다면 소득 없이 오히려 손해만 볼 수도 있다. 그 손해가 크다면 돌을 던질 수밖에 없다. 그런 대국이 명국이 아니라고 볼 수는 없다. 아주 멋진 대국이 될 수도 있다. 다만 미세하게나마 기울어진 승패를 어쩔 수 없었을 뿐이다. 백 집을 지든 반집을 지든 결국 똑같은 1패라면 불리한 쪽에서는 불계패를 감수하고서라도 마지막 승부수를 띄워볼 가치가 있다.

하지만 사람들에게 인정받는 좋은 바둑을 남긴다는 건 힘든 일이다. 한 판의 바둑에서 한 번의 실수도 하지 않기는 어렵다. 그런데 상대 역시 실수를 안 한다면 대국은 더 어려워진다. 좀 다른 얘기지만 내가 실수를 '못' 할 때도 있다. 상대가 먼저 중반에 너무 큰 실수를 해버렸을 때가 그렇다. 상대가 쉬운 수를 착각해서 큰 실수를 하면 나에게는 실수할 타이밍이 없어져버릴 만큼 바둑이 허무하게 끝난다.

바둑에는 '완승국(完勝局)'이라는 말이 있다. 서로가 실수 없이 둔 명국까지는 아니지만 초반도 좋았고, 중반에 상대가 저지른 미세한 실수를 계속 추궁해서 잘 풀어나가며 리드를 놓치지 않고 승리를 얻었다면 완승국이라고 할 수 있다. 상대가 큰 실수나 착각을 했을 때는 완승국이라고 하지 않는다. 그냥 이긴 판이다. 어쨌거나 상대가 작은 실수를 해준 것을 집요하게 추궁해서 거두는 완승국도 드문데, 그런 실수도 없었던 명국이라. 언제쯤 나는 그런 명국을 두어볼 수 있을까? 아직까지 내게는 명국이 없었다.

가장 재미있는 바둑 파트너, 구리 9단

승패를 떠나서 바둑 자체를 즐길 수 있게 해주는 상대가 있다. 나는 구리 9단을 가장 재미있는 상대로 꼽고 싶다. 구리 9단 역시 나를 괜찮

제3부 행마(行馬) 나는 생각한다, 고로 바둑을 둔다

은 파트너라고 생각하는지는 모르겠다. 실력도 비슷하고 나이도 동갑이지만 그런 걸 떠나서 그와 두는 바둑은 재미있다. 물론 늘 일방적인 승부가 나오면 재미없을 것이다. 계속 지기만 하거나 계속 이기기만 하면 흥미가 떨어질 수밖에 없다. 다른 기사들과 두는 것도 즐겁지만 구리 9단과 만나면 정말 신이 날 정도로 잘 맞는다. 프로가 아니라 아마추어로 만나서 뒀어도 재미있게 두지 않았을까 싶다.

바둑이 아니더라도 잘 어울리는 파트너 혹은 라이벌이 있을 것이다. 스타크래프트 같은 게임을 할 때 게임을 더 흥미진진하게 만들어주는 친구들은 있게 마련이다. 실력도 전적도 비슷한 여러 친구 중에서도 '그래도 저 친구와 하는 게 더 재미있어'라는 생각이 드는 친구가 한 명씩은 있을 것이다. 나와 구리도 그런 관계가 아닐까?

만약 구리와 10번기가 성사된다면 의미가 클 것이다. 10번기란 일본 에도시대에 시작된 바둑계의 '끝장대결'을 말한다. 10번의 바둑을 두면서 4판의 차이가 나면 치수(置數, 기력의 정도에 따라 누가 먼저 둘 것인가를 정하는 기준)가 고쳐진다. 상대보다 하수로 판명돼 치수를 고치게 되면 은퇴까지 하는 경우도 있었다. '불멸의 기성(棋聖)'으로 추앙받는 위칭위안 9단은 1930~1940년대 17년 동안 일본의 쟁쟁한 고수들인 기타니 미노루, 후지사와 구라노스케, 사카타 에이오 등과 대결해 모조리 치수를 고친 것으로 유명하다.

10번기는 위험부담도 크다. 예전에는 10번기에서 지는 걸 두고 '명예 살인'이라고도 했다. 지금은 '이벤트' 정도로 여기니 크게 낙담하거나 슬럼프가 오지는 않을 거고 그래서도 안 된다. 하지만 모든 대국은 전적으로 평생 남는다. 또한 10번기는 3번기나 5번기와는 느낌이 전혀 다르다. 그야말로 진검 승부다. 바둑에 3번기, 5번기, 7번기는 있지만 9번기는 없고 정점에 있는 게 10번기다. 요즘 결승은 3번기가 대세인데 그건 단기전이고, 10번기는 최장기전이다. 짝수 대국이니까 5 대 5가 될 수도 있다. 그러면 비기는 것이다. 그래서 더욱 진짜 승부라는 느낌이 든다.

10번기를 지면 설령 그다음에 다른 기전에서 이겼다고 해도, 둘 사이의 승자는 10번기를 이긴 사람이 될 확률이 높다. 만약 내가 10번기를 이긴다면 다른 기전의 결승에서 세 번이나 맞붙어 진다고 해도 둘을 평가할 때 사람들 입에서 결국 가장 먼저 나오는 말은 "그래도 이세돌이 10번기를 이겼잖아"가 될 것이다. 반대로 진다면 100년이 흘러도 나에 대한 평가는 이렇게 나올 것이다.

"이세돌? 좋은 기사였지. 하지만 10번기에서 구리한테 졌잖아."

6 대 4로 지면 슬럼프나 낙담까지로 이어지지는 않겠지만 7 대 3으로 진다면 심각해질 수밖에 없을 것이다. 완패인 셈이니 아무래도 타격

이 있다. 그만큼 위험부담이 있지만 반대로 승자가 되면 얻는 것도 크다.

10번기가 성사된다면 설레는 대국이 될 것 같아 기대된다. 부담이 있긴 하지만 부담감 없이 어떻게 큰일을 할 수 있을까? 기분 좋은 대국이 될 것 같다. 대국을 할 때는 부담감이나 중압감이 무척 싫다. 하지만 지나고 나면 지든 이기든 그 기분을 다시 느끼고 싶어진다. 그래서 계속 바둑을 두는 것인지도 모른다.

프로바둑기사에게는 돈과 명예도 중요하지만 그에 앞서 '저 상대는 이기고 싶다'는 강렬한 승부욕도 있어야 한다. 10번기를 도전이라고 부를 수는 없겠지만 그만큼이나 묘하고 설레는 기분이다. 생각하고 있으면 입에 침도 마른다. 이건 돈 주고 살 수 있는 기분이 아니다. 그런데 돈을 받고 그런 기분을 느끼다니……. 그게 프로바둑기사의 좋은 점이 아닐까?

비슷한 실력의 동갑내기 라이벌인 구리 9단. 그와의 대국은 언제나 흥미진진하다.

2011년 제3회 비씨카드배 월드 바둑 챔피언십 결승, 구리 9단과 2 대 2까지 가는 팽팽한 접전 끝에 3 대 2로 우승을 획득했다.

제4부 수상전

나만의 수읽기로 살아가기

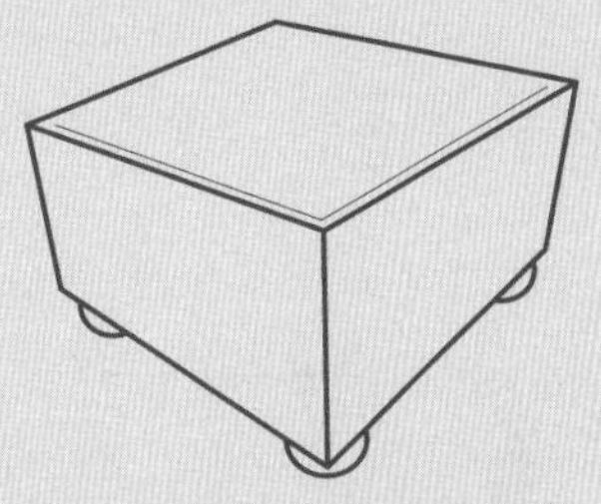

호기심 마왕, 질문 대장

요즘 바둑을 배우는 아이들을 보면 고개가 갸우뚱해진다. 지도 대국
이 끝나면 사범과 복기를 하는데 이때 질문을 하는 사람이 별로 없다.
사범이 얘기를 해주면 그냥 고개만 끄덕거릴 뿐이다. 분명 궁금한 점도
있고 사범과 의견이 다른 부분도 있을 텐데 잠자코 듣고만 있다. 그렇게
되면 자기만의 바둑, 자기만의 스타일을 만들기가 어려워지고 가르쳐주
는 틀에 갇히기 쉽다. 끊임없이 궁금증을 가지고 물어보고, 의견이 다르
다면 밝히는 마음가짐이 필요하다.

궁금한 건 못 참아

나는 정말 호기심이 많고 궁금한 게 많았다. 호기심은 궁금증을 낳

고, 궁금증은 또 다른 궁금증을 낳는 연쇄반응을 일으켰다. 그리고 궁금한 게 생기면 풀지 않고서는 못 참았다. 이런 성격도 힘든 농사일을 하시는 와중에도 비금도 고유의 언어습관이나 생활문화를 정리했던 아버지에게서 물려받은 게 아닐까 싶다.

큰누나랑 같이 살 때의 일이다. 나도 누나도 독서를 좋아했기 때문에 책을 자주 샀다. 보통은 책을 사면 큰누나가 먼저 읽는다. 그러고 나면 나는 밤에 식탁에서 라면을 먹으면서 책을 봤다. 그때는 거의 날마다 밤에 라면을 끓여 먹는 습관이 있었고, 라면을 안 먹으면 하루가 완전히 끝난 것 같지 않은 기분이 들기도 했다.

여하튼 라면 그릇을 옆에 놓고 책을 읽으면서 누나에게 질문 공세를 시작했다. 나보다 책을 먼저 읽은 누나는 처음에는 내 질문에 잘 대답을 해주었다. 하지만 그 설명은 또 다른 궁금증을 낳고, 또 다른 질문으로 이어진다. 질문이 꼬리에 꼬리를 물고, 책을 읽어갈수록 끝없는 계단을 타고 올라가듯 궁금증은 끊이질 않았다. 결국 누나의 인내심이 한계에 다다르면 대답도 퉁명스러워졌다.

"작가가 그렇게 쓰고 싶어서 그랬겠지!"

아마 그건 책 읽는 스타일의 차이일 것이다. 큰누나는 작가가 쓴 의도를 이해하고 의도에 따라 책을 읽는 스타일이라면, 나는 계속해서 태클

제4부 수상전(手相戰) 나만의 수읽기로 살아가기

을 거는 스타일이다. '이 사람은 왜 그랬을까? 그 상황에서 나라면 어땠을까?' 하면서 궁금해지는 게 많고 자꾸만 의문이 생겼던 것이다. 너무 많은 질문을 하면 누나가 분명히 귀찮아할 거라는 걸 알았지만 어쩔 수 없었다. 궁금한 걸 어떡하나?

이제는 나도 나이를 먹어 전보다는 뭔가 좀 알게 된 건지, 책을 읽을 때 예전처럼 호기심이 왕성하지는 않다. 그렇다고 궁금증이 사라진 건 아니다. 다만 요즘은 딱 한 가지 의문만 든다.

'이 사람은 무슨 생각을 가지고 이런 책을 썼을까?'

어려운 책이든 쉬운 책이든 궁금증이 생기기는 마찬가지다. 때로는 내 머리로 이해하기 힘든 어려운 책들도 있고, 어떤 책은 알고 보면 단순한 한 가지 얘기를 가지고 빙빙 돌리고 꼬기도 한다. 그러면 그렇게 돌려쓰는 이유가 뭔지 궁금해진다. 빙빙 돌리는 글에도 재미있는 얘기들이 많이 나오면, 저자는 어떻게 생각했기에 글을 술술 풀어내는지 궁금증이 든다.

아무튼 도장에서 바둑을 배우는 아이들을 보면 궁금증이 없는 건지, 궁금증이 있는데 얘기를 안 하는 건지 잘 모르겠다. 사범들이 귀찮아하더라도 질문을 많이 해야 창의적인 생각들이 길러질 텐데 아쉽다.

판을 엎어라

내 머릿속의 바둑판

책을 읽으면서는 그렇게도 호기심과 궁금증이 컸는데도 불구하고 이상하게 기보에 대해서는 별로 호기심이 생기지 않았다. 중요한 대국의 기보는 당연히 훑어보았지만 그걸 가지고 공부하듯이 파고들지는 않았었다.

내 또래의 기사들을 보면 대국 2~3일 전 상대 기사의 최근 기보를 비롯해서 참고가 될 만한 기보들을 구해서 살펴본다. 나는 기보를 살펴보지 않으니 예전에는 누나나 형이 걱정이 되어 먼저 챙기곤 했다.

"세돌아. 낼모레면 창하오하고 대국인데, 기보라도 좀 뽑아서 줄까?"

"됐어."

대국 전날이라고 해서 딱히 다를 건 없다. 한창 당구에 재미를 붙일 때는 당구를 치기도 했고, 책을 보거나 TV를 볼 때도 있다. 중요한 대국이라고 해서 특별히 준비하는 것도 거의 없다. 당연히 주위에서는 "연구 안 해?" 하고 걱정한다. 그러면 내 대답은 늘 이랬다.

"머릿속에 언제나 바둑판이 있는데, 뭐."

정말로 잠을 잘 때를 빼고는 언제나 내 머릿속엔 바둑판이 그려져 있다. 당구를 칠 때도, TV를 볼 때도, 밥을 먹을 때도, 생각하려고 해서 하는 게 아니라 그냥 늘 그렇게 바둑판이 자리 잡고 있다. 평소에는 그 바둑판을 일부러 이용하지도 않고 별로 의식하지도 못한다. 그러다가 불현듯 뭔가가 퍼뜩 떠오른다.

"어? 그런 수가 있었나?"

그러고 보면 아이디어란 머리를 싸매고 연구를 거듭할 때만 얻을 수 있는 건 아닌 것 같다. 나는 머리를 비우고 전혀 다른 일을 하거나 다른 생각을 할 때, 갑자기 스위치가 탁 켜지며 전구에 불이 들어오듯 아이디어가 떠오른다. 그러면서 생각이 머릿속 바둑판으로 확 몰린다. 척척 한 수 한 수가 두어지고, "아!" 하고 무릎을 치게 된다.

물론 사람마다 스타일이 다르니 꼭 무엇이 정답이라고 할 수는 없을 것이다. 이런 스타일이 만들어진 것도 생각해보면 뭔가 몸을 움직여서 행동으로 옮기기보다는 머릿속으로만 생각하는 내 게으른 성격이 원인일지도 모르겠다. 농사일을 하다가 불현듯 "아! 그 사투리!" 하고 무릎을 치고, 행여나 잊을까 바로 집으로 달려가 사전 자료를 만드셨던 아버지에게서 물려받은 기질임에 틀림없다.

프로바둑기사는 게임 마니아

프로바둑기사들은 확실히 승부사 기질이 있다. 그리고 앉아서 하는 게임을 좋아하는 사람들이 많다. 컴퓨터 게임이야 일반인들도 많이 하니까 별로 특별하지는 않겠지만 여가 시간에 카드 게임이나 보드 게임을 즐기는 기사들이 많다는 점은 일반인들과는 좀 다른 풍경이다. 그런데 프로바둑기사들, 특히 젊은 기사들을 열광의 도가니에 빠뜨린 게임이 있었으니 그 주인공은 바로 스타크래프트였다.

스타크래프트 열풍과 부루마불 돌풍

프로바둑계에 스타크래프트 열풍이 몰아치기 시작한 게 1999년경이었으니까 게임이 출시된 지 1년쯤 지나서였을 것이다. 그때 처음 본 '스타크래프트'는 내게 획기적인 게임이었다. 비디오 게임이야 그때도 많이 있었지만 옆에서 보고 있으면 '저걸 왜 하나?' 싶은 생각이 들어서 별 흥미를 느끼지 못했다. 하지만 그 게임은 달랐다. 아무것도 모르고 그냥 옆에서 보기만 하는데도 '어? 재밌겠는데?'란 생각이 들었다. 이제 게임이 나온 지 10년도 넘었지만 지금도 스타 리그가 TV로 방송되고 프로 게이머들이 계속해서 배출되고 있을 정도니 개인적으로 그만한 게임이 없다고 생각한다.

섬에서 보낸 어린 시절엔 바둑 말고는 이렇다 할 게임이랄 게 없었다. 서울로 올라와서는 전자오락실을 들락거리곤 했지만 푹 빠질 정도로 게임에 열을 올린 적은 없었다. 요즘 대중적으로 인기가 높은 온라인 게임 역시 시간도 너무 오래 걸리고 재미도 없어서 별 흥미가 없다. 하지만 스타크래프트만큼은 몇 개월 동안 거의 날마다 밤새 가면서 했던 것 같다. 그런 나도 많이 한 편은 아니었으니 당시 열풍이 얼마나 엄청났는지는 짐작할 수 있다. 한창 때는 밤낮 가리지 않고 PC방에서 젊은 기사들이 10명씩은 모이곤 했다. PC방 하나를 전세 내다시피 하면서 바둑판 대신 불타는 우주전쟁판 속으로 빠져들었다.

내 실력은 솔직히 별로였다. 처음에는 프로토스 종족으로 게임을 배웠는데 이 게임을 즐기는 사람들은 알겠지만 프로토스란 종족이 보통 어려운 게 아니다. 테란은 상대할 만하지만 저그는 정말 상대하기 힘들다. 그래서 저그도 배웠다. 당시는 스타 초기였다. 전략도 컨트롤도 단순한 시절이었고 지금 생각해보면 정말로 '무식하게' 플레이했다. 그러다 보니 기사들 사이에도 실력 차이가 어마어마했다. 그 당시 몇몇 강자들을 제외한다면 대부분 프로바둑기사들의 실력이란 초보자 수준이었다.

지금도 가끔은 TV에서 방송하는 스타 리그 경기를 유심히 살펴본다. 그러면서 옛날에 밤을 새면서 열을 올렸던 경기들을 떠올리면 피식피식 웃음이 난다. 프로게이머들의 경기를 보니 그때 얼마나 황당하게 게임했는지 깨달은 것이다.

1990년대 말, 프로바둑기사들을 열광시킨 스타크래프트 열풍에 이어서, 2005년에 또 한 차례 게임 돌풍이 불었다. 그 주인공은 내가 태어나기 1년 전에 출시된 국내 최초의 보드 게임, '부루마불(blue marble)'이다. 참 단순한 규칙을 가진 이 게임이 프로바둑기사들을 사로잡았고, 나 역시 그중 한 명으로 '재산 증식과 부동산 투기'에 열을 올렸다.

이 돌풍이 얼마나 대단했는가 하면, 원래 부루마불은 4명까지가 한계인데 참가하려는 사람이 많다 보니 2명씩 동맹을 맺어서 8명까지 게임판에 둘러앉을 정도였다. 그렇게 벌어진 판이 새벽 동틀 무렵까지 이어진 날도 셀 수 없이 많았다. 그렇게 몰아친 부루마불 돌풍의 중심에는,

이름을 밝히기는 곤란한 '그분'도 있었다.

보통 프로바둑기사들이 모여 있는 연구실에서는 낮에는 바둑을 두는 기사들이 많았지만(이제 와서 고백하지만 사실 낮에도 몰래 부루마불을 한 적이 있긴 하다!) 저녁만 되면 슬슬 부루마불 생각이 났다. 그런 분위기에 불을 지르는 사람이 바로 '그분'이었다. 저녁을 먹고 슬그머니 연구실로 들어와서는 한마디했다.

"자, 멤버!"

그분은 원래 야행성이 아니었지만 그렇게 벌어진 부루마불 판 앞에만 앉으면 밤새 달리기 일쑤였다. 좀처럼 자기를 노출시키기 꺼리는 그분의 집에 딱 한 번 가본 적이 있는데, 그것도 부루마불 때문이었다면 그분이 얼마나 푹 빠져 있었는지 짐작이 가리라. 예전에 스타크래프트 열풍이 불었을 때도 초연했던 사람이었다. 게임을 하는 법도 늦게 배웠을 뿐더러 배운 이후에도 심심풀이로 혼자 컴퓨터를 상대로 가끔 게임을 하는 정도였다. 하지만 그분도 부루마불의 쓰나미는 피해 가지 못했다.

그리고 아예 게임을 더 단순하게 만들어서 즐기기도 했다. 원래 게임 규칙은 먼저 빈 땅을 사들이고 그 땅에 호텔이나 빌딩, 주택을 짓는 것이지만 아예 처음부터 땅을 플레이어 숫자만큼 갈라서 나눠 가진 다음에 건물을 지어놓고 게임을 시작한다. 재미가 상대적으로 덜한 전반을 생략하니 안 그래도 단순한 규칙이 더 단순해져버렸다. 그래서 더 재미있어졌다.

속기 바둑 실력은 내기 바둑에서 다졌다?

컴퓨터 게임이든 카드 게임이든 보드 게임이든, 게임을 하다 보면 흥을 돋우기 위한 내기도 빼놓을 수 없다. 내기라 해봤자 판돈은 저녁값 수준이지만. 프로바둑기사들이 벌이는 게임판은 부루마불이든 스타든 카드든 화기애애했다. 동료들끼리 모여서 웃으면서 얘기도 나누고, 게임이 워낙 재미있다 보니 웃음이 그야말로 빵빵 터졌다. 서로 플레이하는 게 너무 웃겨서 주사위만 던졌다 하면 배를 잡고 데굴데굴 구르기도 했다.

한번은 3박 4일 동안 카드 게임을 한 적이 있었다. 운이 아주 좋아서 내가 거의 독보적으로 1위를 했다. 3박 4일이나 레이스를 펼쳤으니 꽤 많이 땄으리라고 예상하겠지만 실상은 전혀 그렇지 않았다. 내가 다 땄다 싶으면 돌려준 후 다시 시작하고, 또 내가 거의 다 땄다 싶으면 돌려주고 다시 하는 식이었다. 돈이 중요한 게 아니라 웃고 즐기는 것이 중요했기 때문에 돈 가지고 얼굴을 붉힐 일도 없었다. 심지어는 진짜 돈이 도는 게 아니라 그냥 말로만 돈을 주고받는 내기 게임도 종종 할 정도니 3박 4일을 카드만 해도 딴 사람도 잃은 사람도 없었다.

바둑 역시 내기에서 빼놓을 수는 없다. 어렸을 때부터 바둑 두는 것 자체를 재미있어했기 때문에 '집바둑'을 두는 일도 많았다. 집바둑은 집의 숫자만큼 돈으로 계산하는 것을 말한다. 기본 3천 원에 한 집당 100원, 이런 식이니까 백 집을 져도 1만 3천 원이다. 다른 게임들처럼 집바둑도 돈보다는 재미로 즐기는 것이다.

그런데 집바둑은 보통 1 대 1로 두지 않는다. 3 대 3, 아니면 4 대 4, 이렇게 팀을 짜서 교대로 둔다. 또한 아주 속기로 둔다. 거의 10초, 길어야 20초 초읽기로 바둑이 이루어지니 한 판도 금방 끝난다. 그런데 지금 생각해보면 그때 집바둑이 속기 바둑 연습에 꽤 도움을 주었다. 요즘은 바둑 대회들이 점점 속기로 가는 추세라 더욱 도움이 되었다.

물론 집바둑이란 이름처럼 집을 많이 만들려고만 하는 성향이 생길 수 있다는 부작용도 있긴 하지만, 프로바둑기사라면 대국에 따라서 자신을 컨트롤할 줄은 알아야 한다. 아침부터 시작해서 새벽까지 이어진 집바둑이 내 바둑에 도움이 된 것만큼은 분명하다.

한번은 나와 이창호 9단, 조한승 9단, 박영훈 9단이 지방에서 이벤트 대국을 갖게 되었다. 전날 현지로 내려가서 호텔에 묵었는데 그날 저녁 또 몸이 근질근질해지기 시작했다. 누가 뭐랄 것도 없이 넷이 한 방에 모여 바둑판 앞에 둘러앉았다. 2 대 2로 짝을 바꿔가면서 밤늦게까지 집

바둑에 열을 올렸다. 누가 상상이나 했을까? 우리나라에서 내로라하는 프로바둑기사들이 대국 전날 밤 호텔방에 둘러 앉아 2 대 2로 집바둑을 두는 모습을.

결혼한 이후로는 게임에서 자연스럽게 멀어지게 되었다. 결혼을 하고 나니 집만큼 편한 곳이 없다. 밖에 나가서 공부를 해야 할 것도 아니고, 밖에서 만나는 약속도 저녁때 만나서 술이나 한잔하자는 정도로 그쳤다. 결혼 후로는 집에 머무르는 시간이 많아지면서 별로 활동적이지 않게 된 듯하다. 10여 년 전, 밤새면서 우주전쟁을 함께했던 전우(?)들은 "야, 이세돌. 결혼하더니 변했다" 하고 섭섭해할지 모르겠지만, 집이 제일 편하고 좋은 건 어쩔 수 없다.

고집불통 남편, 무던한 아내

평소에 잘 알고 지내는 바둑해설가 한 분이 있었다. 이분은 당구 솜씨가 좋았기 때문에 가끔 만나서 당구를 치곤했다. LG배 세계기왕전을 앞두고 그분이 당구나 한 게임 치자고 연락을 했다. 내일은 대국이 있고, 오늘은 전야제가 열리는 호텔에서 자기로 되어 있으니 행사 말고 별달리 할 일은 없었다. 기분 전환 삼아 당구를 치면서 머리 식히는 것도 나쁘지 않겠다 싶었다.

그런데 잠시 후에 그분에게서 다시 연락이 왔다.

"내가 저녁때 만날 사람이 있는데, 괜찮으면 같이 봤으면 싶은데."

"그러죠. 그런데 만나신다는 분이 누군가요?"

"그냥, 아는 동생인데, 당신이랑 나이는 같고……"

　　그렇게 2005년에 아내를 처음으로 만나고 연락을 주고받기 시작했다. 지금 생각해보면 처음부터 아내를 나한테 소개시켜줄 생각이었던 것 같다.

천생연분

　　나는 아내를 처음 봤을 때부터 결혼을 생각했다. 요즘 추세로 본다면야 좀 이른 나이였지만 그래도 사람만 괜찮으면 빨리 결혼하고 싶었다. 그래서 이듬해에 결혼을 했다. 아내를 만나고 나서 2005년 말에는 바둑 성적이 썩 신통치 않았다. 아내를 만나면서 한눈을 좀 팔긴 했나 보다. 하지만 바둑 자체에 문제가 있었던 건 아니다. 그리고 내 컨디션이 아무리 좋아도 운이란 것도 있다. 그러니 운이 안 따라주면 슬럼프가 아닌데도 성적이 잘 안 나올 때도 있다. 그리고 2006년 초부터 다시 성적이 좋아졌으니까 사실 별 문제도 아니었다. 하지만 아내는 자기를 만나고 결혼할 때, 그 때문에 성적이 안 좋아진 것 아닌가 싶어서 걱정을 했던 모양이다. 그럴 수도 있을 것이다. 아내는 바둑에 대해서는 잘 모르니까.

　　아내를 만날 때는 국내기전에 세계기전, 그리고 중국 리그까지, 프로 바둑기사로서 빡빡한 일정을 소화해야 했다. 그렇다고 일이 바빠서 아

189
::
제4부 수상전(手相戰) 나만의 수읽기로 살아가기

내와 못 만난다거나 하진 않았다. 그때 대략 한 달에 평균 여덟 판 정도 바둑을 뒀던 듯하다. 그런데 이건 어디까지나 평균이니까 어떤 때는 한 달에 열 판을 넘게 둘 때도 있었고 어떤 때는 두세 판 정도 둘 때도 있었다. 대국이 뜸한 때는 내 시간이 많으니까 마음만 먹으면 여행도 다녀올 수 있었다. 영화도 보고 식사를 하거나 차를 마시거나, 그렇게 보통 커플들과 비슷한 모습으로 데이트를 했다.

연애 때든 결혼하고 나서든 싸울 일은 있게 마련이다. 그런데 연애 시절, 둘이 크게 싸우고 거의 헤어진 거나 다름없었던 시기가 있었다. 그러다가 다른 일로 술을 많이 마시고 나서 갑자기 아내가 생각나 전화를 거니 정말로 아내가 나왔다. 그다음 날, 아내가 고향에 간다고 했을때 "그래? 그럼 나도 같이 가지 뭐" 하고 별 생각 없이 같이 내려갔다.

지금 생각해보면 참 뜬금없었다. 여자친구네 집에 가서 부모님을 처음으로 뵙는 건데 별 생각이 없었다. 옷도 그야말로 친구들이랑 술 한잔 하러 가면 딱 어울릴 행색이었다. 그러고 보면 그때 결혼을 의식하고 '앞으로 장인 장모 될 분들이니까 잘 보여야지'란 생각을 한 것도 아니었고, 지금 생각해도 무슨 생각으로 간 건지 알다가도 모를 일이다.

어쨌든 거의 헤어질 뻔했던 위기는 그렇게 희한하게 넘어갔고, 이번에는 반대로 아내를 데리고 비금도에도 같이 갔다. 그때도 어머니에게 며

느릿감을 인사시켜드릴 요량은 아니었다. 별 생각 없이 여행 가기 괜찮은 데니까 싶어서 놀러 간 게 다였다. 그러고 보면 나도 아내도 참 무던하다.

결혼과 바둑

결혼식 때 아내에게 큰 실수를 저질렀다. 결혼식 날짜를 잘못 잡은 내 잘못이다. 결혼식 전날에 세계대회가 있어서 중국에서 대국을 마치고 새벽 2시에 집으로 돌아왔고, 날이 밝자 결혼식을 올렸다. 결혼식을 치르고 나서는 시합 때문에 다시 혼자서 중국행 비행기를 탔다. 결국 신혼여행을 못 간 거다. 그런 엄청난 죄(?)는 두고두고 바가지 긁을 때 단골 레퍼토리가 된다던데, 그래도 사정을 이해하고 내색 안 하는 아내가 고마웠다. 신혼여행을 못 가고 중국으로 떠나면서, 나름대로 합리화를 했다.

'여행을 갈 시간이야 앞으로도 충분해. 대국이 몰려 있을 때도 있고 일주일 이상 일정이 없을 때도 있으니까 가려면 얼마든지 갈 수 있어.'

하지만 결혼하고 나서도 여행은 자주 가지 못했다.

2009년에 이런저런 문제에 시달리고 휴직에 이르기 전까지는 생활이 평안했다. 바둑에 특별히 위기는 없었던 것 같다. 생활도 바둑도 확실히 안정기였다.

아내는 집안 살림도 잘하지만 무엇보다도 고마운 건 참 고약한 내 성격을 잘 받아주는 것이다. 나는 무척 고집이 세고, 맞다고 생각하면 끝까지 물러나지 않는 성격이다. 아내는 자기가 맞다고 생각해도 곤란한 상황에서는 뒤로 물러나준다. 확실히 아내가 나보다 현명하다.

나는 아내와 얘기할 때조차도 옳다고 생각하는 점은 끝까지 양보하지 않는다.

"이건 이렇게 되는 거 아니야? 그런데 당신은 왜 그렇게 해?"

이렇게 주장을 하면 아내는 "알았어. 그럼 그렇게 해" 하며 넘긴다. 뭔가 일을 진행하기 전에도 "당신 이렇게 하려고 하는데, 저렇게 하는 게 맞는 거 아냐?" 하고 얘기하면 어지간해서는 순순히 받아들인다. 너무 말이 안 되는 것 아니면 조금 마음에 안 들어도 내가 하자는 대로 따라준다.

그런 면에서 나는 아내보다 부족하다. 인간관계에서는 지는 게 이기는 건데 그러지를 못한다. '지는 게 이기는 거'라는 말이 있지만 실제 경쟁사회에서는 그렇지 않다. 대부분은 이겨야 이기는 거다. 바둑은 특히 그렇다. 오로지 실력만으로 싸워서 완승을 거두든, 상대방의 실수나 착각 덕분에 이기든 결국 똑같은 1승이다. 하지만 가족이나 부부만큼은 그런 승부의 세계와는 다르다.

나 역시 그 점을 알면서도 실천은 잘 안 된다. 승부 의식이 너무 몸에 배어서 그러는 걸까? 결혼은 바둑이 아닌데, 뭘 그렇게 이기려고 하는지……. 내가 생각해도 참 문제다. 성격이 이러니 부부지간에도 충돌이나 싸움이 잦을 법한데, 아내가 내 고집을 잘 포용해주니 늘 마음속으로 감사하고 있다.

휴직을 결심했을 때도 아내는 내 편이 되어주었다. 나에게도 힘든 선택이었지만 아내도 심경이 착잡했을 것이다. 남편이 직장을 그만두고 1년 반을 쉬겠다고 선언한 것이니 말이다. 하지만 아내는 내 선택에 대해서 아무런 이의도 달지 않았다. 그저 날 믿고 내 뜻대로 하라며 고개를 끄덕여줬다. 분명히 아내도 나름대로 생각이 있었을 텐데 아무 말 않고 배려해준 것이다.

예상보다 이르게 복직을 결심했을 때도 아내는 내 편이었다. 당사자가 가장 잘 알고 판단했을 것이고, 어차피 복직할 거면 빨리 하는 게 나을 거라고 했다. 자기 생각을 내세우기보다는 남편의 뜻을 세워주는 아내의 덕을 많이 보고 있다. 누군가 나를 항상 믿어주는 사람이 곁에 있다는 것, 그런 사람을 만나는 것도 정말 커다란 행운이다. 그러고 보면 나는 운이 좋은 사람인 것 같다.

바둑도 등산도 전투적으로

아마 사람들은 바둑기사 하면 앉아 있는 모습만 생각할 것이다. 그래서 프로바둑기사는 하루 종일 골방에 틀어박혀 바둑판만 들여다보면서 마치 신선처럼 사색에 잠겨 있다고 상상하는 사람들도 많다. 하지만 프로바둑기사들도 성격이나 취미가 제각각이다. 만능 스포츠맨에 가까운 운동 신경을 자랑하는 기사도 있고, 여름에는 래프팅, 겨울에는 스키를 즐기는 레저 스포츠 마니아도 있다. 젊은 기사들일수록 다양하게 바깥 활동을 즐기며 그 수는 점점 늘어가는 추세다.

전투적 등산

나는 집에 틀어박혀 있는 걸 좋아하는 스타일은 아니지만 그렇다고 바깥 활동을 적극적으로 하는 스타일도 아니다. 그래도 결혼 전에는 동료 기사들과 밤을 새워가면서 스타크래프트를 한다던가, 밤늦은 시간까지 카드나 보드 게임을 즐길 때도 많았지만 결혼한 뒤로는 집에서 보내는 시간이 더 많아졌다. 예전에는 당구도 꽤 쳤지만 그것 역시 뜸해졌다. 그래도 꾸준히 하고 있는 취미는 산에 오르는 것이며, 내가 즐기는 유일한 레저 스포츠다.

등산도 사람들마다 제각기 스타일이 있을 텐데, 여유롭게 자연과 한껏 호흡하면서 천천히 경치를 즐기는 사람들도 있을 것이고, 정상에 올라서 세상을 발 아래로 굽어보면서 성취감을 즐기는 사람들도 있을 것이다. 아니면 다른 사람들과 어울려 함께 산에 오르는 데서 즐거움을 찾는 사람도 있을 것이다.

그런데 다른 사람들이 내가 등산하는 모습을 본다면 '저 사람 산하고 뭐 원수진 게 있나?' 하고 생각할지도 모른다. 나는 그야말로 죽기 살기로 오르는 스타일이다. 아무 생각 없이 오르기만 한다. 한눈도 팔지 않고 오르는 것에만 집중한다. 정상 정복에서 오는 성취감이 목적도 아니다.

그렇게 전투적으로 등산하는 이유는 이렇다. 죽기 살기로 산에 오르면 몸이 힘들고 이때 머릿속에 꽉 차 있는 이런저런 잡생각들이 싹 사라진다. 몸이 힘들면 마음은 편하다고 했던가? 반대로 몸은 편하고 마음

제4부 수상전(手相戰) 나만의 수읽기로 살아가기

은 힘든 직업을 가진 프로바둑기사들은 바둑 생각이 머리에서 떠날 때가 없다. 대국 때면 정말 생각, 생각, 또 생각을 해야 하니 머릿속이 엉켜버린 실타래만큼이나 무척 복잡하다. 내게는 엉킨 실타래를 단칼에 끊어 버리는 데 등산만큼 좋은 게 없다.

심지어 하루에 산을 두 번 오를 때도 있다. 아침 일찍 등산을 시작해서 정상에 올라왔다가 내려온 다음에, 뭔가 성에 차지 않는 느낌이 들면 다시 가까운 다른 산을 올라간다. 그렇게 아무 생각 없이 산을 오르다 보면 하루가 훌쩍 지난다. 정말로 산을 올라갔다가 내려왔다는 사실 말고는 아무것도 생각나는 게 없다. 그게 좋아서 산을 찾는다. 굳이 어떤 산이 좋다랄 것도 없다.

이런 식으로 산에 오르다 보니 등산장비를 제대로 준비한다거나, 사전에 계획을 세우지도 않는다. 시간에 여유가 생겨서 산에 오르고 싶을 때 가벼운 마음으로, 가벼운 옷차림으로 집을 나선다. 그리고 보통은 혼자서 산을 찾는다. 다른 사람과 산행을 하면 아무래도 페이스도 맞춰야 하고 이래저래 신경이 쓰일 수밖에 없기 때문이다. 하긴 나처럼 그렇게 무식하게(?) 등산하는 사람과 같이 산에 오르고 싶은 사람이 있을까? '집 떠나면 개고생'이란 광고 카피가 화제가 됐던 적이 있었는데 나에겐 그 '개고생'이야말로 등산을 하는 목적이다.

무작정 떠난 여행

가장 기억에 남는 산행을 꼽으라면 열여덟 살 때 설악산에 올랐을 때다. 바둑 성적이 상승곡선을 그리던 2000년이었다. 며칠 시간이 비는 때가 있었는데 무작정 어디론가 여행을 떠나고 싶어졌다. 충동적으로 대충 짐을 싸들고 시외버스터미널로 갔다. 어디를 갈까 하다가 설악산 쪽으로 방향을 잡고 표를 끊었다.

속초로 가는 버스를 기다리다가 나보다 열 살 정도 많아 보이는 사람과 말을 트게 되었다. 어디 가냐는 물음으로 이야기가 시작됐고, 마침 같은 버스를 타게 되었다. 결국 3박 4일 동안 그 형과 동행하면서 등산도 하고 여행도 다니게 되었다. 아마 그 형은 나이도 어린 녀석이 일행도 없이 혼자서 버스를 기다리는 모습이 유별나 보였나 보다.

지금은 이름도 기억나지 않지만 여가가 날 때 혼자서 여행을 다니고 사진을 찍는 게 인생의 낙인 사람이었던 듯하다. 3박 4일 동안 둘이 같이 산도 열심히 탔고, 저녁때는 많은 얘기를 나누었다. 사실 열여덟 살짜리가 한 번도 가본 적 없는 낯선 곳에서 할 수 있는 일이 뭐가 있었을까? 아마 혼자 다녔다면 하루 이틀 만에 서울로 돌아왔을 것이다.

우연히 만난 낯선 사람과 며칠 동안 함께 여행한 경험은 처음이었다. 아마 앞으로도 그럴 일이 있을까 싶다. 아주 가끔은 그때 일이 생각나고, 그 형은 지금 어떻게 지내는지 궁금하다. 한번쯤은 다시 뵙고 싶기도 하다. 어쨌거나 무작정 떠난 여행, 그리고 여행에서 만난 사람이 나에게는 잊지 못할 기억이다.

솔직히 말하면, 여행하는 동안 그 형 덕분에 술도 마셔봤다. 그전에도 호기심에 맛 한번 안 봤다면 거짓말이겠지만 그때가 태어나서 처음으로 제대로 마셔본 술이었다.

집 계산은 잘해도 돈 계산은?

이런 시절에는 그냥 우리 집이 부자는 아니라는 걸 어렴풋이 느끼는 정도였지만 지금 생각하면 우리 집 경제 사정은 매우 안 좋은 수준이었다. 이제는 나도 자식을 키우니 아이에게 생일이나 크리스마스 같은 기념일에는 선물을 사주는데 난 어릴 적에 제대로 선물을 받아본 적이 별로 없다. 생일 선물도 변변치 않았는데 크리스마스야 말할 것도 없었다.

뒤늦게 찾은 경제관념

지금도 또렷하게 기억나는 선물은 아버지와 함께 서울에 올라왔을 때 받았던 곰인형이다. 내가 일곱 살 때, 아버지는 정말 어마어마하게 큰 곰인형을 사주셨다. 내 키만 한 인형이었다. 지금도 시골에 가면 그인형이 있다. 그런데 지금은 별로 커 보이지 않는다. 물론 곰인형이 작아진 건 아니고, 내가 자랐기 때문이겠지만 시골에서 곰인형을 볼 때마다 '그때는 저 녀석이 왜 그렇게 커 보였을까?' 싶은 생각이 든다.

물론 우리 집만 가난했던 건 아닐 거다. 그때야 전체적으로 경제사정이 요즘만큼 풍족한 시대는 아니었고, 특히 시골은 더했으니까. 그런데도 자식들 다 원하는 만큼 공부를 시켰으니 도대체 무슨 돈으로 그 일을 다 해냈는지 신기하기만 하다.

1995년 입단 후에는 어린 나이지만 조금씩 돈을 벌 수 있게 되었다. 그때는 경제관념이랄 게 별로 없었다. 물론 쓸 돈이 많았던 것도 아니고, 또 돈을 내가 관리한 것도 아니었지만. 그래도 또래 아이들은 부모님한테 찔끔찔끔 용돈 타서 쓰던 시절에 나는 단 얼마라도 내가 벌어서 썼으니 돈이 무서운 줄 몰랐다. 사람들은 자기가 직접 돈을 벌면 돈의 소중함이나 가치를 깨닫는다고 하던데 난 반대였다.

지금도 돈을 알뜰살뜰 아껴서 쓰는 편은 아니다. 낭비하고 수입보다 많이 지출하는 정도까진 아니지만 그래도 많이 쓰는 편이고 소비 위주인 듯하다. '내가 돈을 더 많이 벌면 되잖아?' 하고 생각하기도 한다. 그런데 이제는 돈 무서운 걸 조금씩 알아간다.

결혼 전까지는 정말로 돈에 대한 관념이 별로 없었다. 가장 돈 쓰기

쉬운 곳이 주로 술값이었다. 그렇다고 하룻밤에 수백만 원씩 나온다는 유흥가를 들락거리거나 사치스럽게 술을 마시고 다닌 건 아니지만 가랑비에 옷 젖는 줄 모른다고, 야금야금 술값으로 나가는 돈이 만만치 않았다. 그 시절에는 그야말로 개념 없이 돈을 썼다.

요즘도 술값 지출이 있지만 이젠 내가 얼마를 쓰는지 알고 있다.

'이번 달에 얼마 썼네? 너무 많이 썼나? 다음 달에는 줄여야 되나?'

지금은 대략 생각이라도 하지만 예전에는 내가 도대체 얼마를 쓰는지조차도 몰랐다. 결혼하기 몇 년 전에는 내가 직접 돈을 관리했는데, 옆에서 꼼꼼하게 챙기거나 잔소리하는 사람이 없으니 얼마를 썼는지도 몰랐다. 지금 생각해보면 멋모르고 펑펑 썼구나 싶다. 이렇다 할 심한 낭비를 한 것도 아닌데, 결혼 전에 보니 모은 돈이 별로 없었다.

결혼을 하고 나니까 재테크에 관심이 슬슬 생긴다. 아직은 초보지만 투자니 자산관리니 하는 단어에 전보다 관심이 가는 건 사실이다. 물론 나만 그렇진 않을 거다. '남자는 결혼해야 돈 모은다'는 말을 자주 들었는데, 그 말이 괜히 나온 소리는 아닌 듯하다.

운전면허도 없는 뚜벅이

나는 차가 없다. 심지어 운전면허도 없다. 딱히 운전면허를 따야겠다는 생각이 들지 않는다. 일단은, 차가 없어도 별다른 불편함이 없다. 물론 멀리 갈 때야 불편할 수도 있겠지만 그런 일이야 1년에 몇 번 안 되는데 굳이 그럴 때를 위해서 차를 살 필요가 있을까 싶다.

그런데, 아이가 생기고 나니 차가 있으면 편하겠다는 생각이 들 때도 있다. 멀리 갈 때는 고속버스나 열차를 타고 또 지하철이나 택시로 갈아타야 하니 어른들은 몰라도 아이들은 피곤할 거다. 혹시나 아이가 울면 사람들 눈치도 보이게 마련이다. 하지만 그런 일도 1년에 몇 번이나 있을까?

내가 운전면허도 없다는 얘기를 들으면 의아해하는 반응이 대부분이다. 요즘이야 차가 꼭 없어도 운전면허가 필수품처럼 여겨지는 시대이니 말이다. 하지만 운전이 무섭거나 싫어서가 아니라 내게 별 필요도 없는 일에 시간을 쓰고 돈을 쓰는 게 아깝다. 차의 필요성도 못 느끼고, 운전면허를 따봐야 장롱면허일 텐데 꼭 따야 할까? 차가 필요하면 그때 운전면허를 따면 되고 지금은 차를 살 생각도 없다.

운전면허가 필요하다고 느끼는 순간은 다른 사람이 운전하는 차를 타고 장거리를 이동할 때다. 아무래도 장시간 운전을 하다 보면 피곤하니 내가 교대해주면 좋을 텐데 그렇게 해주지 못해서 미안하기 때문이다.

서울에서 차를 몰고 다니는 사람들을 보면 솔직히 안됐다는 생각이 든다. 이렇게 차가 꽉꽉 막히는데, 답답한 도로에서 운전하려면 힘들 텐

판을 엎어라

데. 짧은 거리는 지하철을 타거나 택시를 이용하는 것보다도 시간이 더 걸린다. 갑자기 저녁때 술 생각이 나면 차를 어떻게 할지, 대리운전을 맡길지 고민하는 것도 귀찮을 것 같다. 서울에선 어딜 가나 주차 전쟁이고 가끔 사고라도 나면 골치 아프다. 아무리 생각해도 대중교통보다 자가용이 더 불편하다.

나중에 정말 필요해지면 그때 가서 차를 사게 될지는 모르겠지만 그렇다고 해도 서울 시내에서 차를 가지고 다닐 일이 있을지 지금으로서는 모르겠다.

제5부 끝내기

그리고 새로운 시작

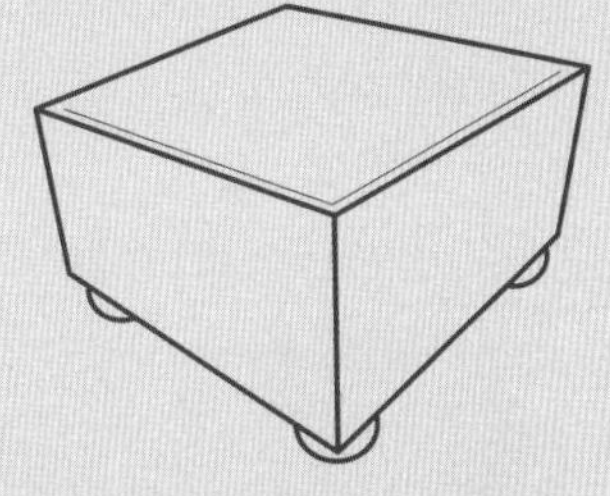

내 인생의 공백

2009년엔 내게 수많은 일이 있었다. 그중 가장 큰 일은 휴직을 결정한 것이었다. 휴직의 직접적인 사유는 한국바둑리그 불참에 대한 기사회의 징계 건의였다. 사실 지금도 이해되지 않거나 부당하다고 생각하는 면이 있지만, 프로바둑기사로서 내가 당연히 져야 할 책임과 의무를 다하지 못했다는 점도 아쉬움으로 남아 있다.

한국 리그 불참과 날선 대립

이 사건의 발단은 앞서 말한 한국바둑리그 불참선언이었다. 사실 한국기원은 '선수가 원할 경우 바둑리그에 불참할 수도 있다'는 규정을 두고 있다. 당시 KB국민은행 2009 한국바둑리그 대국 통지서에는 '시드배정자 25명 중 불참자는 4월 20일 오전 11시까지 한국기원에 불참 여부를 통보해야 하며, 통보가 없을 경우 참가로 간주한다'는 조항이 있었다. 나는 불참 통보 마감시간을 조금 넘긴 오후에 한국기원에 불참 사실을 전했다. 마감시간을 지키지 않았다는 것을 가지고도 설전이 있었는데, 사실 나는 이미 한 달 전에 한국기원에 불참하겠다는 의사를 전달한 상태였지만 무시되었다.

내 의사와 상관없이 소속팀이 결정되었고 나도 모르는 사이에 일이 일사천리로 진행되고 있었고, 주최 측인 바둑TV와 한국기원은 리그를 강행했다. 내 소속팀으로 결정된 곳은 고향팀인 신안천일염팀이었음에도 불구하고 나는 불참 주장을 굽히지 않았다.

고향인 신안군에서는 내가 참가하기를 바랐을 것이고, 나 없이 한국리그에 참가하는 것은 의미가 없다고 생각했을 것이다. 이에 한국기원이나 바둑TV가 반드시 참가시키도록 중용했을 법도 하다. 그러나 리그 오픈 직전까지 기전 담당 직원은 승낙서 한 장 받지 않은 채 내가 신안천일염팀에 참가할 것이라고 지레짐작하고 선수배정을 해버렸다.

언론에 나의 불참선언 기사가 도배되면서부터 바둑계는 발칵 뒤집혔다. 바둑사이트 게시판에는 바둑 팬들의 성토와 토론으로 열기가 뜨거웠다. 나와 한국기원의 대립을 다윗과 골리앗의 싸움에 비유하는 사람들도 많았다. 나를 지지하는 사람들도 있었고 비판하는 사람들도 있었다. 부정적인 추측성 기사로 공격하는 기자까지 있었지만 일일이 대응하지 않았다. 사실관계를 밝히는 것보다 더 급한 것은 평가절하된 프로바둑기사의 권익을 지키는 것이라고 생각했기 때문이다. 그것을 지켜내려고 더 단단하게 무장했던 것 같다.

당시 나는 중국 리그에 출전해 있었는데, 중국 리그는 넉넉한 제한시간과 주장끼리 펼쳐지는 시스템 등 모든 것이 바둑을 두기에 최적의 조건이어서 프로바둑기사라면 선호할 수밖에 없었다. 개인적으로는 슬럼프를 극복하게 해주었던 리그라 더 애착이 가기도 했다.

반면 한국 리그는 간신히 7개 팀으로 구성이 되어 리그를 펼쳐나가는 데 무리가 있었다. 그러나 더 큰 이유는 따로 있었다. 2008년 한국 리그에서 나는 13승 3패를 했는데, 대국을 한 16명 중 10위 안에 드는 기사는 단 2명이었고, 5명은 11위에서 20위, 나머지는 21위 이하였다. 상대팀 감독이 내게 가장 약자를 대국하게 하여 버리는 카드로 쓰는 것이 좋은 작전이라고 생각한 것이다. 2009년에도 크게 달라질 게 없어 보였다. 바둑랭킹 1위인 나로서는 이겨야 본전이고 지면 망신인 리그에서 정상적으로 대국을 할 수 있을지, 무엇보다 최선을 다할 수 있을지 의문이었다. 그러한 종합적인 이유로 한국 리그에 불참한 것이다.

이슈들에 대한 나의 입장

2009년 6월 8일, 큰형을 통해 한국기원에 휴직계를 접수했다. 또다시 바둑계는 폭격을 맞은 듯 연일 파란이 일었다. 한국 리그 불참 문제뿐 아니라 바둑판 사인 문제 그리고 기보저작권 동의 거부 문제, 시상식 불참 문제, 중국 리그에서 받는 대국료 중 5퍼센트를 기사회에 내지 않는 문제까지 불거져 사태가 일파만파로 확산되었다. 인터넷에서는 나를 이단아 취급하는 보수파와 나의 행동에 동의하는 진보파로 나뉘어 토론이 끊이질 않았다.

나의 의지는 대략 이렇게 말할 수 있다. 바둑리그에 불참하는 문제는 프로바둑기사가 특정대회에 의무적으로 참여할 이유가 없기 때문에 조건이나 스케줄 등이 마음에 들지 않을 경우 참여하지 않아도 된다고 생각한다. 이는 당연한 권리이므로 재론의 여지가 없다고 생각한다.

중국 리그의 대국료 5퍼센트를 기사회에 내야 하는 것은 규정이 있다 해도 한국기원이나 기사회에서 편의를 봐주는 것이 전혀 없는 상태에서 관행적으로 납부하는 것은 고쳐져야 할 문제라고 생각했다. 중국 리그에 참가할 때 항공료와 숙박비는 물론 비행기 예약, 숙소 예약 등 잔업무까지 내가 직접 해결하는데 왜 기사회에 5퍼센트나 되는 대국료를 내야 하는지 이해가 되지 않아 거부했던 것이다. 나는 기사회 측에서 일정관리와 부대업무를 수행할 경우 납부하겠다고 했지만 소통의 문제로 해결될 기미가 없었다.

기보저작권 문제는 모든 기사가 사인을 했으므로 나 역시 사인을 해야 하며, 일괄적으로 한국기원이 저작권 관리를 해야 한다며 접근한 것 자체가 잘못되었다고 판단했다. 저작권을 구체적으로 어떻게 관리할 것인지 충분히 설명해주었다면 문제가 되지 않았을 일이었다. 여기에 시상식 불참과 바둑판 사인 문제 등 세월의 때가 잔뜩 묻은 일까지 들춰낸 것은 양측이 첨예하게 대립한 가운데 나를 조금 더 코너로 몰기 위한 공격이 아니었나 싶다.

내가 시상식에 불참한 일이 한 번 있었는데 고의성도 없었고 건방져서도 아니었다. 그 일은 두고두고 잘못했다고 생각하고 있다. 시상식에 가지 못한 이유는 피곤이 너무 겹쳐 어이없게도 늦잠을 잤기 때문이었다. 바둑 팬들과 스폰서에게는 매우 죄송한 일로 지금도 반성하고 있다.

사인도 잘 해주는 편이다. 하지만 바둑판 사인은 의미가 다르다고 생각한다. 바둑계 사인은 70퍼센트 이상이 바둑판 사인이라고 할 수 있는데 유명 기사가 사인한 바둑판은 억대에 팔리기도 한다. 하지만 사인의 가치는 소장하는 사람의 마음에 있는 것이지 돈과 바꿀 수는 없다고 생각한다. 나의 사인이 누구한테 가는 것인지, 사인을 받는 사람이 어떤 사람인지 미리 알고 싶어서 사인을 남발하지 않는 것뿐이다. 지나치게 깔끔한 성격까지 비난한다면 나도 어쩔 수 없다.

생애 최초의 기자회견

이러한 일련의 사태로 인해 기사단체가 날 징계하고 제명까지 논한다는 사실에 나는 마음의 상처를 입지 않을 수가 없었다. 사태는 날로 악화되었고 결국 더 이상 방치할 수 없어서 생전 처음 기자회견까지 열었다. 70여 명의 기자들이 참석한 회견장에는 빈자리가 없었다. 기자들의 질문에 나는 솔직히 답변했고 잘못되었다고 생각한 일에 대해서는 사과를 했다.

지금은 덤덤하게 이야기할 수 있지만 당시 나에게는 그러한 과정들이 너무나 큰 시련이었고 고통이었다. 어릴 때 비금도에 계신 부모님 곁을 떠나 서울로 올라와 정상의 자리에 이르기까지 인고의 시간을 보냈지만, 막상 정상에 오르니 기쁨과 환희만 있는 게 아니었다. 지나치게 꼼꼼한 성격 때문에 이해하기 힘든 일을 묵과하지 못하고 전투 아닌 전투를 벌이고 있는 듯해서 외롭기까지 했다.

기자회견을 마치자 마음이 조금은 후련해졌다. 하고 싶은 애기는 많았는데 어디에서도 할 수 없었던 상황이라 그동안 오해만 늘어갔고, 정확한 정보를 모르고 있는 바둑 팬들에게도 내 의사와 의지를 제대로 전달할 수 있어서 다행이라는 생각이 들었다. 몇몇 기자들은 회견장 입구에서 기다리고 있다가 잘했다고 격려해주기도 했다.

기자회견 이틀 뒤, 한국기원 이사회는 내 문제에 대해서 다음과 같은 결정을 내렸다.

'첫째, 휴직원은 접수하여 받아들인다. 둘째, 이세돌 9단 건을 매우 유감스럽게 생각하며 앞으로 이세돌 9단이 자숙하길 바란다. 그리고 한국기원은 향후 규정 정비나 제도 개선을 통하여 유사한 사례가 재발하지 않도록 최대한 노력하겠다. 셋째, 휴직한 기사의 중국 리그 참가는 곤란한 문제이나 이미 계약이 되어 진행되고 있는 사안인 데다가 중국과의 관계도 고려하여 올해는 특별히 허용한다.'

그러나 이 의결사항은 또다시 바둑 팬들을 들끓게 만들었으며 한국기원과 바둑사이트 게시판을 뜨겁게 달구었다.

그렇게 다윗과 골리앗의 싸움은 승자도 패자도 없이 끝이 났다. 지금은 지난날에 집착하기보다는 미래를 보고 새롭게 나를 가다듬어서 다시 시작할 때다.

휴직계를 내기에 이른 사정이야 어찌됐든, 제일 죄송하고 미안한 사람들은 바로 팬들이다. 나를 아껴주는 사람들은 물론이고 전체 바둑 팬들에게 휴직까지 갈 수밖에 없었던 상황 자체가 너무나 죄송한 일이었다. 인터넷에서 나에 관한 문제를 놓고 갑론을박을 벌이는 바둑 팬들의 모습을 보면서 가슴이 아팠다. 그리고 미안했다. 두 번째로 스폰서에게 미안했다. 바둑 리그야 별개 문제겠지만 그밖에 다른 기전들, 특히 내가 타이틀을 가지고 있었던 기전들도 휴직 때문에 나갈 수 없게 되었으므로 스폰서 분들께도 죄송했다. 이 자리를 빌려 모두에게 미안하다는 말씀을 꼭 드리고 싶다.

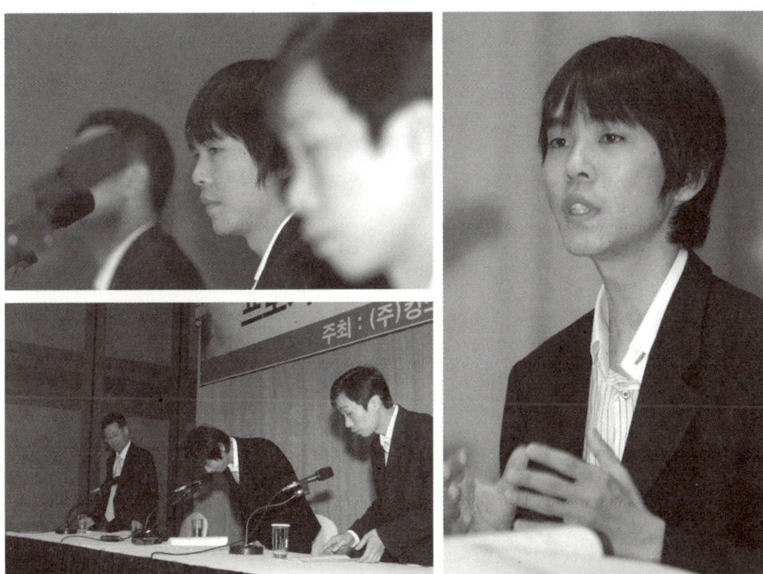

2009년 휴직에 대한 공식 기자회견. 기자회견이 있기까지 일련의 사건들은 너무나 큰 시련이었지만, 그보다 바둑 팬들에 대한 미안한 마음이 더 크게 다가왔다.

성찰의 시간

휴직을 하고 나니 정말 신기한 일이 생겼다. 24시간 내내 머릿속에 꽉 차 있던 바둑 생각이 거짓말처럼 사라진 것이다. 술을 먹다가도, 바둑과 상관없는 얘기를 나누다가도 퍼뜩, TV 드라마 하단에 뉴스속보 자막이 깔리듯 '어? 그런 수가 어떻게 되지?' 하는 생각이 확 떠오르곤 했는데 그게 사라진 것이다.

거짓말처럼 사라진 바둑 생각

그런 면에서 본다면 사실 프로바둑기사로서 리듬은 깨진 것이나 다름없었다. 휴직을 결정했을 때 많은 사람이 그랬고 나 역시 나중에 복직을 한다고 해도 예전의 기력이 되돌아올지 걱정했는데 바로 이런 이유였던 것 같다. 하지만 개인적으로는 뒤를 많이 돌아볼 수 있었던 시간이었다. 지금껏 앞만 보고 달려오느라 그동안 내가 어떻게 살아왔는지 돌아본 적이 거의 없었다. 바둑에 대해서도, 그리고 다른 삶에 대해서도. 불쑥불쑥 튀어 오르는 바둑 생각에 방해받지 않고 찬찬히 되돌아볼 수 있었던 시간이었다.

휴직 기간이라고 해서 바둑은 아예 쳐다보지도 않고 산 건 아니었다. 도장에도 일주일에 한두 번씩은 나갔다. 그리고 전부터 작은누나와 함께 준비해오던 명국집을 만드는 일에도 신경을 썼다. 2009년 10월까지는 중국 리그에 참여했고 가정에도 신경을 많이 썼다. 지금 생각해보면 휴직 전에는 한국과 중국을 오가는 빡빡한 스케줄 때문에 아내와 아이에게 조금은 소홀했던 것 같다.

사실 아내도 그에 대한 내색을 하지 않았고, 대국이 없을 때야 주로 집에서 보내는 시간이 많았으니까 '이 정도면 소홀한 편은 아니겠지?'라고 생각했다. 하지만 휴직 후 아이와 놀아주는 시간도 많아졌고, 그러다 보니 내가 생각만큼 가족들에게 잘해줬던 건 아니었다는 반성을 하게 됐다. 형제들과도 좀 더 많은 시간을 가질 수 있었다. 가족의 존재감과 고마움을 전보다 더 크게 느낄 수 있었다.

갑자기 바뀐 생활이 처음에는 당혹스럽기도 했지만 그동안 소홀했던 것들에 눈을 돌릴 수 있어서 좋았다. 비록 휴직이 좋은 일은 아니었지만 부정적 상황 속에서도 긍정적으로 생각할 수 있는 면은 있었다.

다시 바둑판 앞으로

애초 1년 6개월을 쉴 생각이었지만 서너 달이 지나자 지인 한 분이 복직을 권했다. 팬들을 위해서 복직을 하는 것이 바람직하다는 것이다. 휴직할 때는 정말로 마음이 안 좋았고 힘들어 은퇴까지도 심각하게 고려했다. 하지만 시간이 지나면서 안 좋은 마음이 서서히 희석되었다. 그러고 보면 정말 시간만 한 약은 없나 보다.

휴직을 결정할 때도 힘들었지만 복귀를 하느냐 마느냐를 고민할 때는 갈등이 더 심했다. 어떤 면에서 보면 휴직은 자의반 타의반이었지만 복귀 문제는 오로지 내가 결정할 문제였기 때문에 더 힘들었는지도 모른다. 1년 6개월을 쉬기로 휴직계를 냈지만 언제 복직하느냐가 아니라 복직 자체부터가 가장 큰 갈등이었다. 복귀한다고 해서 과연 예전 페이스로 돌아올지도 염려되었다.

분명한 건 휴직이 길면 길수록 돌아오기 힘들다는 것이었다. 휴직을 하고 나니 머릿속에 꽉 차 있던 바둑 생각이 거짓말처럼 사라져버렸는데, 그런 생활이 점점 길어지면 결과는 보나마나다. 물론 1년 후에 복직

할 수도 있고 애초에 휴직계에 적은 것처럼 1년 6개월을 꽉 채울 수도 있다. 하지만 그때는 이미 바둑이 마음속에서 떠나버릴지도 모른다. 마음이 떠나버린 뒤에 복직을 해봐야 결과는 뻔하다.

휴직하기까지 거쳐온 상황이 너무 안 좋았기 때문에 좀 더 시간을 두고 잊고 싶다는 생각도 들었고 복귀를 늦추고 싶은 마음도 있었다. 하지만 시간이 갈수록, 지금이 아니면 못 돌아갈 확률이 높겠다는 생각이 더욱 커졌다.

그래서 바둑에 대해서는 나를 가장 잘 이해해줄 큰형과 많은 이야기를 했다. 형의 생각도 나와 크게 다르지 않았다.

"여기까지 온 상황이 네가 뭘 대단히 잘못한 것은 아니다. 네 마음은 이해하지만 아예 바둑을 관둘 게 아니라면 빨리 돌아오는 게 낫다."

계속 시간을 끌면 영원히 못 돌아올 수도 있다는 건 형도 나도 잘 알고 있었다. 나야 중학교도 마치지 않았으니 잘 모르지만 대학생이 군대에 갔다 복학하면 학교생활에 적응하는 것이 쉽지 않다고 하던데, 프로의 세계에서 1년 6개월을 떠나 있다가 다시 적응을 하는 게 과연 쉬울까? 보통 일이 아니다.

물론 장기적으로 보면 휴직 기간에 내가 어떻게 하느냐에 따라서 내 삶을 발전적으로 이끌 수도 있을 것이다. 휴직 기간에 여러 가지 많은

제5부 끝내기 그리고 새로운 시작

생각을 했고 나 자신을 돌아봤다. 그런 시간도 중요했다고 본다. 하지만 프로바둑기사로서 나 자신을 생각해보면 휴직이 길어질수록 결국은 백해무익할 것 같았다. 정말로 은퇴할 생각이 아니라면 복직을 하고, 복직을 할 거면 빨리하는 게 낫다고 생각했다.

결국 휴직 반년 만인 2009년 말에 복직을 결심했다. 새해가 시작되자마자 한국기원에 복직계를 제출했고, 한국기원이 복직 조건으로 요구한 사항들도 모두 받아들였다. 어차피 복직할 거라면 훌훌 털고 바둑에만 몰두하는 게 낫다고 생각했다. 휴직할 때와는 달리 상황도 어느 정도 좋은 방향으로 진전되는 모습이었고, 시간을 두고 차차 바꿀 수 있는 부분도 있었다. 무엇보다 일단은 새로 시작하는 마음으로 바둑만 생각하고 싶었다.

복직을 하고 나니 다시금 마음속에 예전의 기운이 살아서 꿈틀대기 시작하는 게 느껴졌다. 복직을 결심하기 전에는 과연 이런 상태라면 내가 복직을 한다고 해도 바둑을 제대로 둘 수 있을지 자신감이 생기지 않았고 불안했다. 하지만 복직을 결심하고 나니 오히려 불안감이 사라졌다. 내 몸속에서 바람 빠지듯 빠져버렸던 그 자신감이 다시 몸 구석구석 가득히 충전되는 느낌이었다.

다시 전쟁터로 뛰어들다

복직 후 처음으로 참가한 대회는 제2회 비씨카드배 월드챔피언십이었다. 대회 출전신청 기간이 지나서야 복직이 승인되었기 때문에 원래대로라면 대회에 참가할 수 없었다. 하지만 고맙게도 와일드카드 지명권 두 장 중 하나를 받아서(다른 한 장은 조훈현 9단이 받았다) 대회에 참가할 수 있었다.

연구생에게 쩔쩔맨 복귀 후 첫 대국

휴직 기간이라고 해서 아예 바둑과 담을 쌓은 건 아니었지만 바둑이 나의 일상이었던 때와는 비교할 수 없었다. 주위에서는 복직 후에 첫 대회가 세계대회인 걸 보고 무리하는 게 아니냐는 걱정도 했다. 반년, 길게는 1년 안에 예전 수준의 바둑을 되찾자는 목표를 가졌던 나 역시도 복직하고 처음부터 세계대회에 도전하는 것에 부담이 없었다면 거짓말일 것이다. 정상까지 올라가기는 정말로 힘들다. 하지만 무너지는 건 정말 한순간이다. 반년 동안의 공백 후에 무기력한 모습을 보여준다면 "그럼 그렇지. 역시 그렇게 시끄럽게 휴직하더니 별 볼 일 없네" 하고 손가락질받기도 쉬울 것이다.

그래도 기왕이면 큰 무대에 서고 싶었다. 부담은 됐지만 피하고 싶은 생각도 없었고, 역시 정상급의 강한 상대를 만나서 부딪쳐야 내 바둑이 더 빨리 돌아올 수 있을 거라는 생각도 했다. 우승과 같은 큰 욕심으로 시작하진 않았다. 물론 누군들 대회에 참가하면서 우승 생각을 안 할까. 하지만 내게는 빨리 예전의 나 자신으로 돌아오는 게 가장 시급한 과제였다.

첫 대국인 64강 상대는 이주형 연구생이었다. 프로도 아니니 얼핏 쉬운 상대라고 생각하겠지만 오히려 이런 상대가 더 부담스럽다. 게다가 개막전에서 이창호 9단이 역시 아마추어 연구생에게 패하는 이변이 일어나면서 사람들은 '이세돌도?'라는 시선으로 본 대국이었다. 물론 정상급 기사라고 해도 연구생에게 지는 이변은 가끔씩 있게 마련이다. 하지만 지금까지 계속해서 정상을 지키고 있는 이창호 9단에게는 '이변'

정도에 그칠 일이지만 내가 진다면 차원이 다르다.

"말썽 끝에 휴직해서 복귀하더니 이제는 연구생한테도 지더라."

이런 식의 잡음이 난무할 게 뻔했다. 그러다 보니 부담감이 컸다.

대국장에 들어서기 전까지는, '좋은 컨디션은 아니지만 휴직 기간에 바둑과 아주 담을 쌓은 것도 아니고, 어릴 때부터 몇십 년을 바둑판 앞에서 살아왔는데……'라는 생각을 했다. 하지만 대국장에 들어서서 반상 앞에 앉으니 낯섦 그 자체였다. 정말 분위기가 도무지 적응이 안 됐다. 그러다 보니 두 번의 착각으로 바둑의 흐름이 나빠졌다. 쉬운 수를 착각한 것이다. 특히 두 번째 착각이 아주 안 좋았다. 착각에도 다 이유가 있는 법이다. 컨디션이 좋다고 해서 착각을 안 하는 건 아니지만 아주 드문 경우고, 판세에 큰 영향을 주는 착각을 하는 경우는 더더욱 드물다. 역시나 낯선 분위기에 적응이 안 된 게 가장 큰 문제였다.

중반까지는 정말 누가 봐도 내가 질 바둑이었다. 하지만 다행히 세 집 반 차이로 가까스로 역전했다. 그래도 바둑 내용이 중반까지는 안 좋았기 때문에 역시나, 다음 날 신문에는 '이세돌, 너무 쉬었나?'라는 헤드라인이 떴다. 그래도 어찌되었건, 복귀 후 첫 대국을 이겼다는 사실 자체는 만족스러웠다. 그리고 무겁게 어깨를 짓누르고 있었던 복귀에 따른 부담감에서도 해방될 수 있었다. 아마도 그 부담감에서 일찍 벗어날 수 있었던 것이 그 이후 바둑에도 영향을 주었던 듯하다.

대마를 내어주고 초심을 되찾다

두 번째 대국 상대는 홍성지 7단이었다. 부담감에서 벗어나서였을
까? 한결 마음이 편했고 낯설었던 분위기에도 익숙해졌다. 불계승을 거
두고 나서는 정말로 홀가분해졌다. 편하게 생각할 수도 있게 되었다.

'이젠 편하게 두자. 어차피 정상 컨디션 회복까지 6개월, 아니면 1년
안을 바라보고 복귀했다. 설령 다음 대국에서 진다고 해도 첫 대회 성적
으로는 나쁘지 않다.'

16강에서는 드디어 처음으로 외국 기사와 맞붙게 되었다. 그것도 중
국 바둑계를 호령하고 있는 정상 가운데 한 명, 콩지에 9단이었다. 콩지
에 9단은 성적도 한창 좋던 상황이었다. 이전 경기에서 승리하고 나서
홀가분했던 마음이 갑자기 다시 부담감으로 바뀌었다. 첫 대국 때의
부담감과는 달랐다. 부담이라기보다는 욕심에 가까웠다. 승부나 대회
를 떠나서, 콩지에만큼은 이기고 싶었다. 그야말로 승부욕이 활활 타
올랐다.

그런데 이기고 싶었던 욕심이 약보다는 독이 되었다. 마음만 앞서고
몸이 따라가지 않았다. 의욕만 잔뜩 불타올랐지 마음 상태가 냉정하지

못하고 어딘가 좀 붕 뜬 느낌이었다. 그러다 보니 그만 초반에 대마가 죽어버리고 말았다. '어?' 하고 큰 실수를 한 걸 깨달았지만 이미 때는 늦었다. 그런데 이상하게도, 갑자기 붕 떠 있던 마음이 착 가라앉으면서 마음이 냉정한 상태로 돌아왔다. 그리고 내 마음을 흔들어놓았던 승부욕이 빠져나가면서 마음이 비워졌다.

'그래. 이 판, 이미 이렇게 나빠졌지만 그래도 최선을 다해보자. 이기고 지는 것보다는 최선을 다하는 모습이 지금은 더 중요하잖아, 마지막 한 수까지 끈덕지게 둬보자.'

그때부터는 한 수 한 수를 침착한 마음으로 두었다. 대마는 죽었지만 오히려 그 덕분에 복귀를 결정했을 때 품고 있었던 초심으로 돌아올 수 있었다.

참 운이 좋은 판이었다. 상황이 최악에 가까웠지만 그렇다고 타개를 위해서 무리수를 두었던 바둑은 아니었다. 바둑이 뒤집어진 것도 콩지에가 엄청난 착각을 했다기보다는 자꾸 물러선 게 원인이었다. 콩지에 쪽에서 보자면 초반에 대마를 잡았으니 흐름이 워낙에 좋았다. 그래서 굳이 전투를 맞받아치기보다는 물러서다 보니 조심성이 지나쳐서 오히려 판세가 뒤집힌 것이다.

역시 과유불급이란 말이 진리다. 적당한 의욕은 좋지만 심리 상태를 차분하게 유지하지 못한 상태에서 의욕만 너무 앞서면 돌도 무거워지고 행마가 둔탁해진다. 사실 바둑을 보면 그 사람이 어떤 마음가짐인지 읽을 수 있다. 대마가 초반에 죽는 일이 어디 그리 흔한가? 그런데 그런 일이 벌어졌다면 뻔한 것이다.

그날 바둑은 너무 무거웠다. 당연한 얘기겠지만 그런 식으로 바둑을 두면 거의 지게 된다. 그 판을 이긴 건 거의 기적이었다. 대마가 죽고 나서 오히려 급속도로 안정을 되찾았다고는 해도 나만 안정을 찾았다고 될 일은 아니었다. 그저 한마디로 운이 좋았다고밖에 말할 수 없는 판이었다. 아마도 비씨카드배에서 가장 중요했던 한 판을 꼽으라면 콩지에와의 16강전일 것이다. 그 판을 이기고 난 후 내가 정상 컨디션으로 서서히 되돌아가고 있다는 느낌을 갖기 시작했다.

그러고 보면 2003년 후지쓰배 우승 이후 내가 한없이 추락하던 시절에, 나를 다시 제 위치로 끌어올려 준 계기가 되었던 것도 2004년 도요타-덴소배에서 콩지에에게 운 좋은 역전승을 일구었던 4강전이었다. 두 번의 중요한 대국에서 만났던 콩지에 9단에게 고마워해야 할 것 같다.

복귀 후 첫 대회 그리고 우승

비씨카드배 8강전 상대는 박영훈 9단이었다. 대국 초반은 흐름이 좀 나빴지만 중반으로 넘어가면서 점점 내 쪽으로 넘어왔다. 기분도 좋았고 컨디션도 좋았다. 콩지에와 맞붙었던 16강에서 초반에 대마를 내주었을 때와는 완전 반대의 느낌이었다. 그때부터 '어쩌면 우승도?' 하는 생각이 들기 시작했다.

세 판의 역전승으로 기세를 되찾다

하지만 8강전 바둑도 그리 순탄하게 굴러가지는 않았다. 착각이라기보다는 수를 못 본 게 원인이었다. 그것보다 훨씬 어려운 수도 읽을 수 있는데 가끔 수를 못 볼 때가 있다. '바로 그게 바둑'이라고 말하면 너무 편리한 변명 같긴 하지만.

실수에도 불구하고 곧바로 냉정을 되찾긴 했지만 문제는 시간이었다. 상대는 아직 1시간을 남겨두고 있었지만 나는 마지막 초읽기에 몰리고 있었다. 바둑은 여전히 만만치 않은 상황이었고, 상대방은 남은 시간이 넉넉했는데 1분 초읽기에 시달리는 건 정말로 이만저만 부담이 아니었다. 이런 상황에서는 실수가 나와도 이상할 게 없다.

박영훈 9단에겐 결정적인 찬스가 두 번 있었다. 하지만 모두 살리지 못한 게 내가 바둑을 이길 수 있었던 원인 가운데 하나였다. 첫 번째 찬스는 왜 살리지 못했는지 나도 이해할 수가 없었고, 두 번째 찬스에서는 박영훈 9단도 초읽기에 몰려 있었다. 역시 마지막 초읽기는 위험하다. 나중에 바둑이 끝나고 복기를 해보면 왜 그랬을까 싶은 수가 심심치 않게 나온다. 하지만 계속해서 카운트다운을 하는 목소리는 정신을 마구 흔들어놓는다. 물론 프로라면 그런 상황에서도 침착하게 최선을 다해서 수를 생각해야 하지만 그것도 한계가 있는 법이다. 특히나 중요한 승부처에는 더더욱 그렇다.

어쨌든 박영훈 9단을 가까스로 물리칠 수 있었다. 이것 역시 두 차례의 큰 기회를 상대가 놓쳤으니 운이 좋았다고 해야 할 것이다. 고생 끝에 낙이 온다고 했던가. 이런 어려운 상황을 극복하고 이기는 건 정말 의미가 있다.

그리고 4강. 한 판만 더 이기면 결승이었다. 이미 결승전에는 창하오 9단이 진출해 있었다. 구리와 맞붙었던 LG배 결승 이후에는 TV바둑 아시아선수권대회처럼 초속기대회나 이벤트성 대국을 빼고는 중국 기사와 결승 무대에서 맞붙는 건 처음이다. 복직 첫 대회에서 결승 진출이라. 하지만 이미 복귀 초반의 부담감에서는 많이 해방되어 있었다.

4강은 이전 대국들과 비교하면 그래도 편안한 마음으로 승리를 거둔 셈이다. 아마도 세계대회에서 처음으로 4강에 진출한 김기용 5단은 부담스러웠을 것이다. 나를 포함해서 누구나 '처음'은 상당한 부담감으로 다가오게 마련이다. 네 집 반을 이겼는데 김기용 5단에게는 결국 초읽기가 중압감으로 다가온 게 패인이 아니었을지 짐작해본다.

이주형 연구생을 상대한 64강, 그리고 콩지에 9단과 맞붙은 16강, 여기에 박영훈 9단과 가진 8강전, 이 세 대국은 나중에 복기를 해보니 정상적으로 뒀으면 질 바둑이었다. 물론 끝까지 최선을 다했지만 혼자 힘으로 이길 수는 없는 바둑이었고 운이 좋았다. 이 세 판이 복귀 후 처음으로 맞닥뜨린 위기이자 전환점이었고 역전승을 거둘 때마다 기세를 엄청나게 올려주었다. 질 판을 이겼는데 당연히 기세에 미치는 영향은 남다를 수밖에 없다.

기세의 바람을 타고 우승을 향해

비씨카드배에서 결승을 향해 나아가는 동안 춘란배와 후지쓰배에도 참가했다. 박영훈 9단을 이겼을 때는 이미 흐름이 좋은 상태에서 바둑을 두고 있었고, 그 덕택에 춘란배와 후지쓰배를 비롯한 다른 대회에서도 계속해서 연승을 이어나갈 수 있었다.

후지쓰배 8강에서는 구리 9단을 만났다. 오래간만이었다. LG배 결승에서 내게 뼈아픈 패배를 안겨준 장본인이지만 그래도 역시 늘 기분 좋은 상대다. 결승 무대에서 그를 이겨야 LG배의 설욕을 제대로 하는 셈이겠지만 그래도 구리에게 승리를 거두고 나니 '정말 내가 좋은 흐름을 타고 있구나' 하는 생각이 점점 자신감으로 바뀌어가는 걸 느꼈다.

한편으로는 국내 대회 예선에도 참여했다. 휴직을 하면 모든 시드를 잃게 되기 때문에 모든 국내 기전을 예선에서부터 다시 시작할 수밖에 없다. 명인전과 물가정보배에서도 다행히 연승을 이어갈 수 있었다. 예선에서 김만수 7단과 가진 대국이 정말로 고비였다. 이기기 힘들겠다는 생각이 들 정도로 빡빡한 바둑이었다. 그때 내가 했던 실수는 모호한 면이 있었다. 바둑을 나쁜 쪽으로 망쳤다기보다는 모양 자체가 보통 때와는 다른 묘한 쪽으로 흘러갔기 때문이다. 그래도 가까스로 승리를 거두고 나서는 '정말 내게 기회가 온 거로구나'란 마음이 들었다.

기세란 건 무시무시한 것이다. 농구를 보면 분위기를 제대로 탄 슈터는 클린 슛이든 공이 림을 빙글빙글 돌다가 들어가는 슛이든 어디서 어떤 자세로 던져도 쏙쏙 들어가는 모습을 볼 수 있다. 김만수 7단에게 승리를 거두었을 때가 꼭 그런 느낌이었다. 어떤 상황에서든 자신 있게 내 바둑만 둘 수 있으면 이길 수 있을 것 같았다. 바둑을 둔다는 일 자체가 무척이나 기분이 좋았고 또 편안했다.

결승전 첫 번째 대국 전날, 기자회견장에서 창하오 9단과 악수를 나누었다. 2005년 도요타-덴소배 이후 처음으로 결승전에서 창하오를 만나는 것이니 참 오랜만이다. 복귀 후 첫 대회에서 결승전 진출이라 부담감과 중압감이 엄청난 게 당연하겠지만 이미 모든 것은 벗어던진 지 오래였다.

결과적으로 세 판을 내리 이겨서 우승했지만 전체적인 컨디션상으로는 아주 좋다고 보기는 어려웠다. 제1국은 확실히 완승을 거둘 수 있었다. 초반이 편하게 흘렀던 게 컸다. 그렇다고 해서 만만하게 둘 수 있는 바둑은 절대 아니었다. 다만 큰 위기 상황을 겪지 않았을 뿐이었다. 제2국과 제3국 역시 극도로 나빴던 적은 없었지만 흐름이 내 쪽에서 봤을 때는 기분 나쁘게 돌아가는 상황은 좀 있었다. 초읽기에 먼저 몰리는 쪽도 나였다. 그런데 창하오가 중반전부터 급속도로 무너지는 모습을 보였다.

사람들은 이런 창하오의 모습에 여러 가지 분석을 내놓았다. 제1국에서 완패를 당하면서 심리적으로 무너진 게 아니냐는 기사도 많이 보았다. 하지만 아무래도 컨디션 문제가 있지 않았나 싶다. 누구든 컨디션이 좋을 때도 있고 나쁠 때도 있다. 아프다던가 해서 누가 봐도 엉망진창인 상황이 아니더라도, 정말 중요하고 막상막하인 상대와 두는 대국에서는 미묘한 컨디션 차이조차도 바둑의 승패를 가르기에는 충분하다.

아무튼 제2국을 이기고 나서는 3 대 0은 아니더라도 우승을 차지할 수 있겠다는 확신이 강하게 들었다. 그리고 제3국에서 다시 한 번 창하오의 항복을 받아내는 순간, 확신은 현실이 되었다. 시작할 때는 생각하지도 못했던, 복귀 후 첫 대회의 성과였다. 뒤돌아보면 아주 즐겁게 뒀던 바둑이었고, 결과도 좋게 나온 것 같아서 모든 면에서 기분이 좋은 결승전이었다.

2011년 제8회 춘란배 결승, 2009년 우승에 이어 2011년 춘란배에서 씨에허 9단을 물리치고 우승을 차지했다.

이세돌답지 않은 기보는 남기고 싶지 않다

복직 뒤 비씨카드배에 이어 두 번째로 우승에 도전한 후지쓰배 결승 단판 승부에서 콩지에 9단에게 패했다. 바둑에서 진 것도 문제였지만 무엇보다 바둑의 내용이 마음에 안 들었다. 그 이후에 다른 대국에서 인터뷰를 할 때 여러 차례 이렇게 얘기를 했다.

"지고 이기는 건 내 마음대로 되는 일은 아니다. 하지만 적어도 후지 쓰배 결승전과 같은 기보는 남기고 싶지 않다."

지더라도 이세돌답게

창하오 9단과 맞붙었던 비씨카드배 결승 3번기는 이긴 것도 중요했지 만 바둑의 내용이 마음에 들었다. 아마도 지금까지를 통틀어서 가장 마음에 드는 결승전을 꼽으라면 이번 비씨카드배를 가장 먼저 얘기할 수 있을 것 같다.

그런데 복귀 이후 생각보다 너무 빨리 우승을 차지해서일까. 나도 모르게 마음속 긴장의 끈이 살짝 풀린 감이 있었다. 그렇다고 슬럼프라든가 바둑이 안 좋아졌다는 뜻은 아니다. 복귀하고 나서 비씨카드배 우승 때까지는 정말 나조차도 예상 못했을 만큼 기세가 가파른 상승곡선을 그리고 있었다. 지금은 그 곡선의 기울기가 완만해졌다고 보는 게 맞을 것이다.

비씨카드배 우승을 차지하면서 바짝 조여졌던 긴장의 끈이 조금 풀린 게 사실이다. 처음에는 우승까지 욕심을 내진 않았지만 계속 승리를 거두고 정상에 한 발 한 발 다가가면서 '그래, 우승해야지' 하고 바짝 나 자신을 조였던 상황이었다. 그러니 우승 뒤에 긴장감이 풀리는 건 충분히 예상할 수 있는 일이고 나 역시도 그런 마음 상태를 알고 있었다. 하지만 아무리 알고 있다고 해도 곧바로 마음가짐을 재정비하고 이전의 상태로 되돌아가는 게 말처럼 쉬운 일은 아니었다.

복직을 할 당시 한동안은 긴장감을 유지해야겠다고 생각했다. 모든 대국에서 긴장감을 똑같이 유지하다가는 빨리 지치기 때문에 전 같으면 대국의 중요도와 같은 면을 고려해서 안배를 했겠지만 지금은 그런 걸 생각할 때가 아니었기 때문이다. 그런데 비씨카드배 우승 이후에 긴장감이 풀리는 시기가 생각보다 빨리 찾아와 버렸다.

LG배에서는 32강전에서 구리 9단에게 졌지만 그렇게 지는 건 어쩔 수 없다고 생각할 수 있었다. 아무리 기세가 좋아도 모든 바둑을 이길 수는 없는 법이다. 잘 둔 바둑이었다고까지 말할 수는 없겠지만 그래도 누가 봐도 '이건 이세돌이 둔 바둑이구나' 하고 알 수 있는 내용이었다. 하지만 후지쓰배 결승전은 얘기가 달랐다. 물론 진 것 자체도 마음에 들지 않았지만 나를 아껴주는 바둑 팬들에게 미안할 정도로 내용이 안 좋았다.

이기고 지는 건 중요하다. 그러나 해마다 열리는 수많은 대회에서 한 번 우승을 놓친 건 생각하기에 따라서는 큰 문제가 되지는 않을 것이다. 진짜 문제는 '팬들에게 과연 어떤 바둑을 보여주었는가' '그 바둑은 이세돌다운 바둑이었는가' 하는 점이다.

후지쓰배 결승전 당시에는 심리적으로 많이 흔들렸고 이기고 싶은 마음에 조급한 감이 있었다. 당시 컨디션이 그다지 좋지는 않았지만 언제나 좋은 컨디션에서만 바둑을 둘 수 있는 건 아니다. 컨디션이 썩 좋지 않았던 상태에서도 바둑을 이겼던 적은 많이 있다. 프로바둑기사라면 컨디션이 좋으면 좋은 대로, 나쁘면 나쁜 대로 그에 맞게 대처하면서 최선을 다할 수 있는 마인드 컨트롤이나 노하우가 있게 마련이다. 마인드 컨트롤에 대해서만큼은 언제나 자신이 있었다.

하지만 후지쓰배 결승 대국에서는 이상하게 컨트롤이 되지 않고 자꾸 마음만 앞섰다. 컨디션은 썩 좋지 않은데 마음만 서두르니 바둑이 잘 될 리가 없었다. 이상할 정도로 바둑이 풀리지 않더니 결국 지고 말았다. 물론 콩지에 9단이 잘 두었기 때문에 그가 이긴 것이겠지만 내 입장에서 보면 내가 둔 바둑인데도 내 바둑 같지 않았다.

승패가 내 마음대로만 되는 건 아니다. 그렇기 때문에 지더라도 이세돌다운 바둑을 두다가 진다면 아쉽기는 해도 나 자신에게도 팬들에게도 부끄러울 일까지는 아니다. 그러나 누가 뒀는지 모를 바둑 내용이 나온다면 얘기가 다르다. 이런 바둑을 둔 내 자신이 불만스럽고 이런 좋지 못한 바둑을 보여주었으니 팬들한테도 죄송스러울 수밖에 없다.

프로바둑기사는 기보로 말한다

이제는 바둑을 이겼다고 해도 그 바둑이 이세돌답지 않은 내용이라면 그다지 자랑스럽진 못할 것 같다. 프로바둑기사에게 기보가 얼마나 무서운 것인지 점점 크게 다가오기 때문이다. 지금도 바둑을 공부하는 사람들은 수백 년 전의 명국 기보를 본다. 나는 세상에 없어도 기보는 계속해서 남아 많은 사람이 보게 된다. 훗날 사람들은 이세돌이라는 기사에 대해서 무엇으로 평가를 할까? 그것은 기보일 수밖에 없다.

물론 기보만으로 어떤 대국의 모든 것을 알 수도 없고, 아무리 많은 기보를 본다고 해도 어떤 기사의 스타일이나 '류'가 무엇인지를 알기는 어렵다. 그런 건 바둑을 직접 둬봐야만 알 수 있다. 하지만 결국 후대에게 남겨지는 건 기보뿐이다. '판사는 판결문으로 말한다'는 얘기를 들은 적이 있다. 그렇다면 나는 이렇게 얘기할 수 있을 것이다.

'프로바둑기사는 기보로 말한다.'

그렇다면 기보 속에 내 모든 것을 담지는 못한다고 해도, 최선을 다해서 이세돌다운 모든 것을 녹여 넣으려고 노력하는 게 프로바둑기사로서 내가 할 일이리라. 후지쓰배 이후 다시 한 번 그에 대한 다짐을 했고 인터뷰에서도 다짐하듯이 얘기했다. 그런 기보는 남기고 싶지 않다고.

복직 이후에 다행히 지금까지는 좋은 성적을 내고 있다. 하지만 앞으로는 바둑을 둘 때 성적을 어느 정도까지 내겠다는 식의 목표보다는 한 판 한 판의 바둑마다 좋은 기보를 남기겠다는 목표를 가지고 바둑판 앞에 앉으려고 한다. 그러다 보면 언젠가는 내 자신이 자랑스러울 만큼 멋진 명국을 남길 수 있으리라 믿어본다. 물론 그 명국에서 내가 이긴다면 더 바랄 게 없을 것이고.

휴직 전의 나, 휴직 후의 나

운도 따라주었고, 덕분에 기세를 끌어올릴 수 있어서 복직 후 첫 대회인 비씨카드배에서 전승 우승이란 생각지도 못한 성과를 거뒀다. 우승 뒤 기자회견장에서 받았던 여러 가지 질문 가운데 지금도 가장 기억에 남는 것은 박치문 전문기자의 질문이었다.

"휴직했을 때와 지금, 바둑을 바라보는 눈이 달라졌나요?"

입단 초년병 시절의 마음가짐을 되찾자

휴직 전에는 10년 넘게 계속 시합을 해왔다. 그러다 보니 솔직히 지쳐 있었던 것도 사실이다. 바둑은 창의적인 게임이다. 창조적인 발상을 많이 해야 한다. 하지만 계속해서 승부를 하다 보면 그런 아이디어가 조금씩 떨어지는 느낌을 받게 된다. 좀 쉬면서 이런저런 궁리도 할 여유를 가져야 하는데 계속해서 대국을 하다 보면 승부에 대한 마음가짐만 있고 새로운 수에 쉽게 손이 가지 않는다.

아무리 새로운 수를 연구해봐도 결국 안 둬보면 그게 진짜 제대로인지 아닌지는 알 수가 없다. 나는 아무리 생각해봐도 기가 막힌 수인데 상대방은 내가 미처 생각하지 못한 방법으로 쉽게 응수할 수도 있기 때문이다. 그러니 승부에 집착할수록, 큰 승부가 많아질수록 새로운 수에 대해서 조심스러워지게 마련이다. 결국은 뭔가 생각을 해내고도 실제로는 못 두게 될 때가 많아진다. 물론 안정적인 성적을 낼 수는 있기 때문에 그런 태도가 꼭 나쁜 것이라고만 볼 수는 없다. 앞서 얘기했듯 창의적인 수나 새로운 수는 늘 위험부담을 안고 있을 수밖에 없다.

휴직 기간에 '그동안 내가 바둑을 어떤 마음가짐으로 두었나' '그동안 내가 어떻게 변해왔으며 지금 내 모습은 무엇인가' 이런 것들을 하나하나 돌아볼 수 있는 시간을 가질 수 있었다.

'이 수가 정말 생각대로 될까? 패착이 되면 어떻게 하지?'

떨려서 차마 못 두던 모습이 생각났다.

'그러면 안 되지. 난 프로인데. 그렇다면 내게는 불안하고 떨려도 내 생각을 믿고 둬야 하는 책임이 있는데 뭐가 그렇게 무서워서 못 둔다는

거야? 좋다! 두자!'

물론 복귀하고 나서도 처음에는 조심스러웠다. 하지만 나 자신에게 좀 더 자신감을 갖자고 스스로를 다그쳤다. 틀릴 수도 있겠지만 내가 분명히 맞다고 생각한 건데 자신감 있게 창의적인 수를 두자고 다짐하고 또 다짐했다. 입단 초기의 마음가짐으로 돌아가자고 마음속으로 되뇌었다. 초년병 때는 바둑이 아무리 좋은 상황이라고 해도 최선의 수를 찾고 찾아서 기어이 두고야 만다. 하지만 점점 성적을 올리고 경력이 쌓여갈수록 틀에 박힌 모습으로 변해간다. 좋게 말하면 안정적인 것이고 나쁘게 말하면 틀을 벗어나길 꺼린다는 뜻이다. 휴직 전에는 승부에 대한 마음가짐이 앞섰다면, 복직 후에는 승부도 승부지만 자신 있게 나만의 수를 둠으로써 멋진 승리를 거두려고 노력하는 게 바둑을 보는 눈이 달라졌다면 달라진 것이리라.

지금은 오로지 최선을 다할 때

우승을 거둔 뒤 주위에서 많은 축하를 받았다. 어떤 분들은 "복귀 전보다 요즘 더 잘 두는 거 아니냐"는 덕담도 한다. 하지만 이제 겨우 시작에 불과하다. 복귀 후에 24연승을 거뒀다지만 따지고 보면 그 가운데 예선이 열 판이었다. 예전에는 시드로 참가하던 대회에 원상태로 돌아가기 위해서 둔 판이다. 그러니 본선만 따지면 14연승에 불과하다. 게다가 그중 두 판은 누가 봐도 이기기 힘든 바둑이었고 그야말로 운으로 이긴 판이었다.

물론 나에 대해서 좋게 얘기해주는 건 고마운 일이다. 하지만 이제 겨우 한 번 우승에 불과하다. 그러니 랭킹 1위니 연승이니 하는 것에 자만하기보다는 자신감을 얻고 더 잘하도록 노력하는 게 지금 내가 해야 할 일일 것이다. 그리고 아직은 편안한 마음으로 바둑을 두기에는 좀 이른 느낌도 있다. 지금은 아직 독기를 똘똘 뭉쳐서 긴장의 끈을 늦추지 않아야 할 때다.

모든 대국을 날카롭게 벼려놓은 독기를 품고 비수처럼 한 수 한수를 꽂을 수 있다면 그보다 좋은 게 없을 것이다. 하지만 모든 대국에 그렇게 엄청난 에너지를 쏟아부으며 둔다는 건 불가능하다. 투수도 그렇지 않은가. 9회를 완투하려면 모든 공마다 전력투구를 할 수는 없는 노릇이다. 전력투구를 할 타자와 조금 힘을 빼고 던질 타자를 가려서 체력 안배를 하는 게 당연히 필요하다. 바둑도 마찬가지다. 모든 기를 모아야 할 때가 있는가 하면 조금은 편안한 마음으로 임할 때도 있어야 한다.

물론 편안하게 임한다고 해도 대충대충 바둑을 두는 건 절대 아니다. 하지만 아무래도 세계대회 결승전과 같은 대국에서는 마음가짐이나 집중력에 차이가 있을 수밖에 없다. 그런 상태로 모든 대국에 임한다면 아마 내가 1년에 두는 대국의 반에 반도 다 못 채우고 지쳐 나가떨어질지도 모른다. 그렇기 때문에 분명 페이스 조절은 필요하다.

휴직하기 전, 바둑은 늘 장기 레이스였다. 따라서 지금만이 아닌 앞일을 생각하고 조절과 안배를 감안해가면서 바둑을 둘 필요가 있었다. 하지만 지금은 당장의 성취를 이루는 게 중요한 상황이다. 그렇기 때문에 조절이나 안배를 생각할 때는 아닐 것이다. 지금은 일단 계속해서 긴장의 끈을 늦추지 않아야 한다. 비씨카드배 우승 이후에 나도 어쩔 수 없이 약간 느슨해지긴 했지만 정신 바짝 차리고 다시금 바짝 조여매기 위해서 노력해야 한다.

물론 언제까지나 계속해서 그렇게 모든 집중력을 100퍼센트 발휘하면서 바둑을 둘 수는 없다. 제 궤도에 내가 확실히 안착했다는 느낌이 들면 아마도 자연스럽게 장기전을 생각할 것이다. 하지만 적어도 올해까지 목표는 고삐를 늦추지 않고 지금이 아니면 안 된다는 생각으로 최선을 다해가는 것이다. 그래서 올해 좋은 성과를 거둔다면 그때부터는 조금씩이라도 여유를 가지고 갈 수 있을 것이다.

아시안게임 그리고 10번기

2010년에는 내게는 두 가지 남다른, 그리고 중요한 일이 남아 있었다. 물론 대회나 리그도 중요하고 한 판 한 판이 중요하겠지만 지금 얘기하려는 두 가지는 해마다 있는 일도 아니고, 어쩌면 한 번밖에 없을 일일지도 모르기 때문이었다. 하나는 광저우 아시안게임이고, 또 하나는 구리 9단과의 10번기 대국이다.

금메달을 걸고 시상대에 서다

역사상 처음으로, 바둑이 2010년에 광저우 아시안게임에서 정식 종목으로 채택되었다. 바둑 말고도 중국 장기(우리나라 장기와 비슷하지만 규칙은 조금 다르다)와 체스도 채택되었지만 그래도 이들 중에 바둑에 가장 많은 관심이 몰렸다. 아시안게임에서는 남자단체전, 여자단체전 그리고 남녀 페어전까지 금메달이 3개 걸려 있었다. 나와 이창호 9단은 랭킹 1위와 2위 자격으로 예선 없이 와일드카드로 아시안게임에 출전하게 되었다.

아시안게임이 중요한 이유 가운데 하나는 국가 간의 기세이기 때문이다. 기세란 개인 간에도 존재하지만 국가 간에도 존재한다. 세계대회에서 어떤 시기에는 중국이 강세일 때가 있고, 또 어떤 때는 우리나라가 중국 기사들을 제압하는 경향을 보일 때도 있다. 확실히 국가 간의 기세란 게 있기는 있다. 한국이 금메달을 목에 거느냐, 중국이 금메달을 따느냐에 따라서 한동안 국가 간의 기세에 많은 영향을 미칠 것이었다.

게다가 아시안게임은 국가별로 5명(그리고 후보 1명을 둘 수 있다)이 한 팀으로 출전하는 단체전이다(여자단체전은 3명에 후보 1명). 확실하게 국가대항전이다. 과거의 CSK배, 또는 지금도 개최되고 있는 농심신라면배처럼 국가대항전으로 벌어지는 바둑대회도 있긴 하지만 아시안게임이라면 느낌이 다르다. 농심신라면배는 연승제 형태로 바둑을 두지만 예전 CSK배는 아시안게임과 마찬가지로 5 대 5 대항전이었다. 다섯 판이 한꺼번에 이루어지고 여기서 세 판을 잡는 나라가 이기는 방식이다. CSK배 시절에는 한국이 확실히 압도적이었다. 하지만 이제는 상황이 많이 달라졌다. 그때와는 비교할 수 없이 중국이 막강해졌기 때문이다. 사실 한국 바둑은 당시 각종 국제대회에서 중국에 밀리는 추세였고 주최국의 홈 텃세도 만만치 않을 것 같았다. 게다가 언론에서는 국가대표로 선발된 프로바둑기사들이 얼마나 열심히 할지에 대해서도 의문을 품었다. 프로바둑기사들은 대국 한 판에 걸린 상금이 수천 만 원에서 수억 원에 이르는데 아시안게임은 상금은커녕 대국료도 한 푼 없기 때문이다. 게다가 4개월간 피곤한 와중에 틈틈이 단체훈련도 해야 했다.

중국이 우리나라보다는 선수층이 두터운 게 현실이다. 2010년 LG배 예선을 봐도 중국 선수들이 많이 진출했다. 층 자체는 중국이 우리보다 훨씬 두텁지만, 그래도 우리나라가 아시안게임에서 중국과 호각지세를 이룰 수 있었던 것은 정상권의 기사들이 버텨준 덕이었다. 사람이 아무리 많다고 해도, 역시 세계최강이 있는 나라가 최고일 수밖에 없다. 그런데 광저우 아시안게임은 각 나라의 최정상급 기사 5명이 5 대 5로 맞붙는 경기였다. 여기서 이길 수 있는가 없는가는 국가 간 기세에도, 참가한 기사들의 기세에도 상당한 영향을 줄 것이었다.

사실 우리 바둑 선수단이 광저우에 입성할 때까지도 금메달이 유력한 종목은 하나도 없었다. 우선 혼성페어는 너무 낯선 종목이어서 금메달을 기대한다는 것 자체가 무리였다. 남자단체전은 중국에 구리 9단과 콩지에 9단, '투 톱'이 버티고 있어 나 혼자서 감당하기엔 역부족이었고 여자단체전 역시 세계최강 루이나이웨이의 벽을 넘지 못할 것 같았다.

그러나 전 세계가 주목하는 광저우 현장에서 시상대 맨 윗자리에 올라선 건 우리나라 선수들이었다. 혼성페어에서는 박정환 9단과 이슬아 초단이 당당히 금메달을 획득했는데 이후 이슬아 초단은 '바둑얼짱'으로 인기몰이를 하고 있다. 2011년 5월 제1회 SG세계물산배 페어바둑 최강전에는 나와 팀을 이루어 8강까지 올랐다.

대회 전 우리나라 남자단체전은 전력이 열세라는 평가를 받았다. 그런데 남자단체전에서 금메달을 차지할 수 있었던 것은 양재호 감독님의 전략이 제대로 빛을 발했기 때문이다. 일단 중국의 위빈 감독은 우리나라 선수들 중 나를 핵심이라 판단했다. 구리 9단을 2번, 콩지에 9단을 4번에 배치해 내가 빠져나갈 수 없도록 했다. 반면 양재호 감독님은 나와 최철한 9단이 '천적'인 씨에허 7단만 만나지 않으면 된다고 판단했다. 나머지 선수들은 누구든지 중국 선수와 맞대결을 벌여도 최소한 세 판은 이길 수 있다고 믿었다. 그래서 나를 3번, 최철한 9단을 6번으로 멀리 떼어놓았다.

경기는 두 감독님들의 예상대로 흘러갔지만 최종 우승은 우리에게 돌아왔다. 개인적으로 나는 이 경기에서 희생양(?)이었다. 중국은 예선과 결선에서 모두 1승 4패를 했는데, 그 1승이 모두 나를 잡아서 얻은 것이었다. 누군가는 내가 '바람잡이 역할'을 한 것이라고도 했다. 박정환 9단, 최철한 9단, 강동윤 9단이 비밀병기로 활약했고 최창호 9단은 에이스들을 물리쳐 큰 몫을 했다.

중국이 패한 원인을 1번이었던 창하오 9단이 예선에서 이창호 9단에게 패하자 위빈 감독이 결승전에서 그를 뺀 것에서 보이는 초조함이라고 보는 사람도 있다. 반면 양재호 감독님은, 썩 좋은 컨디션이 아닌 데다가 당시 성적이 부진했던 1번 이창호 9단을 끝까지 믿었고, 예선전에서 유일하게 잡힌 나 역시 결승전에 다시 배치했다.

아시안게임에서 태극마크를 달고 바둑을 두는 느낌, 우승을 해서 시상대 가장 높은 곳에 올라 금메달을 목에 거는 기분, 태극기가 게양되고 애국가가 울려 퍼질 때의 그 느낌은 상상 이상이었다. 지금까지 많은 세계대회를 나가봤고, 여러 차례 우승도 했지만 이런 느낌은 한 번도 경험해본 일이 없었다. 심장소리가 들리는 것 같은 두근거림. 가슴속을 꽉 채운 성취감과 뿌듯함. 우승한 자만이 느낄 수 있는 기분이었다.

2014년 인천 아시안게임에서는 바둑이 아직 정식종목에 들어가 있지 않다. 우리나라에서 열리는 대회인데도 바둑이 빠져 있다. 여러 가지 복잡한 사정이 있겠지만 바둑계의 노력으로 어렵게 정식종목으로 채택

되었는데 1회성으로 그친다면 너무나 안타까운 일이 될 것이다. 아직은 시간이 남아 있으니 바둑이 인천에서도 정식종목으로 들어갈 수 있기를 바란다. 물론 아시안게임에서 한국 바둑이 금메달을 딴다면, 그래서 바둑에 대한 관심이 높아진다면 인천 아시안게임 정식종목 채택에도 큰 도움이 될 거라고 믿는다.

꼭 이겨야 할 빅 이벤트, 10번기

아직 확정되지는 않았지만 성사된다면 구리와의 10번기 역시도 중요할 수밖에 없다. 한때 언론에서 일정과 상금까지 확정된 것처럼 보도가 나가는 해프닝이 있었지만(사실 확정되지도 않은 걸 그렇게 확정된 것처럼 기사가 보도되는 바람에 오히려 10번기 성사에 안 좋은 영향을 미친 점도 있다) 정말 중요한 대국이다. 나 자신의 명예와 같은 문제도 있지만 바둑계 전체를 안 볼 수가 없기 때문이다.

앞에서 아시안게임 얘기를 했지만 바둑 팬 가운데서조차도 광저우 아시안게임에서 바둑이 정식종목으로 채택된 사실을 모르는 사람들이 의외로 많다. 그만큼 바둑에 대한 관심들이 예전에 비해서는 확실히 줄어든 게 사실이다. 그렇기 때문에 10번기와 같은 이벤트는 사람들의 관심을 끌어모으는 데 확실히 큰 도움이 될 것이라고 본다. 내 기억으로

제5부 끝내기 그리고 새로운 시작

정상급 기사들이 10번기에서 맞붙었던 일은 위칭위안 9단 이후로는 없었던 것 같다. 그러니 10번기가 성사된다면 바둑계를 넘어서 대중들에게도 화제를 불러일으킬 수 있지 않을까 싶다.

내가 다행히 좋은 성적을 거두고 있는 상황에서 자칫 10번기에서 패하기라도 한다면 독약이 될 수도 있을 것이다. 성적이 좋다지만 아직까지는 살얼음판인 면이 있고, 10번기는 자칫 그 살얼음판을 와장창, 깨뜨려버리는 결과가 될 수도 있기 때문이다. 하지만 반대로 이긴다면 그만큼 기세가 올라갈 수도 있을 것이다.

광저우 아시안게임은 나로서는 평생 한 번 올까 말까 한 경기였다. 10번기 또한 일생일대의 이벤트가 될 것이다. 10번기는 부담이 되는 것도 사실이다. 하지만 나는 프로바둑기사다. 프로바둑기사가 승부를 두려워하거나 피할 수는 없는 일이다. 더 큰 승부일수록 더 큰 마음을 가지고 정면으로 맞서 싸우고자 하는 투지가 생기는 게 프로바둑기사의 본능이다.

2010년 광저우 아시안게임에 정식종목으로 채택된 경기에서 중국을 꺾고 금메달을 목에 걸었다. 부디 2014년 인천 아시안게임에 바둑이 정식종목으로 채택되기를 바란다.

나에게 아직 명국은 오지 않았다

이 책은 프로바둑기사로서 살아온 내 삶을 다시 한 번 되돌아볼 수 있는 좋은 기회가 되었다. 1995년에 프로바둑기사가 되었으니 올해로 18년이다. 그 안에는 크게 네 단계의 시기가 있었다. 물론 그 단계는 중요한 계기가 되는 사건, 또는 성적의 상승이나 하강과 같은 눈에 보이는 변화로 나눠지겠지만 가장 중요한 것은 내 마음의 변화다. 한 단계 한 단계를 겪으면서 바둑과 승부를 보는 눈이 달라졌기 때문이다.

먼저 입단 이후 2000년 이전까지, 그러니까 주목할 만한 성적을 내기 전까지 시기다. 이 시기에 성적이 나지 않았던 건 실력이 미숙한 탓도 있었지만 마음가짐도 문제였다. 제대로 된 목표나 의식 없이 무조건 한 판 한 판을 이기는 것이 전부라는 생각으로 바둑판 앞에 앉았다. 그러다 보니 바둑과 승부라는 세계를 좀 더 크게 바라보고 진지하게 사고하는 여유가 없었던 게 문제였다. 그때는 당장의 한 판에 일희일비했고 마인드 컨트롤도 제대로 되지 않았으니 바둑의 흐름에 따라서 마음도 출렁거렸다. 그러다 보니 입단 후에는 바둑 내용도 성적도 지지부진했고 답보 상태를 면치 못했다.

두 번째 단계는 2000년 이후, 성적을 내기 시작하면서부터 2003년 LG배에서 이창호 9단에게 승리를 거두고 대회 우승을 차지할 때까지의 시기다. 내가 타이틀 우승하는 걸 꼭 한 번 보고 싶어 했던 아버지가 돌아가시고 나서야, 바둑과 나 자신에 대해서 예전보다 진지한 성찰을 할 수 있게 되었다. 그전까지는 눈앞의 대국을 승리로 이끄는 데에만 집중하고, 보다 크고 확실한 목표를 세워 매진하지 못했다. 그러나 이때부터는 바둑과 승부를 바라보는 의식이 깨어나기 시작했고, 마인드 컨트롤의 중요성도 자각하게 되었다.

내게 맞는 마인드 컨트롤의 방법을 찾아내서 평소에 꾸준하게 훈련하면서 대국에서도 바둑의 흐름에 따라서 마음이 흔들리지 않고 최상의 감과 컨디션을 유지할 수 있도록 노력했다. 그러면서 실력이 한 단계

업그레이드되었다. 2001년 LG배에서는 이창호 9단을 꺾고 첫 세계 타이틀을 차지할 수 있다는 마음에, 너무 들떠서 마인드 컨트롤이 무너졌다. 그 바람에 어이없는 고배를 마셔야 했지만 그것 역시도 나를 한 단계 업그레이드시키는 계기가 되었다. 결국 2003년 LG배에서 이창호 9단을 상대로 우승을 차지하면서 정말로 전성기라도 해도 좋을 순조로운 흐름을 탔다.

세 번째 단계는 2003년 LG배 우승 이후에 자만에 빠지고 마음이 느슨해지면서 성적이 곤두박질쳤다가 중국 리그 참가와 도요타-덴소배 우승을 계기로 다시 성적을 회복한 이후 휴직 전까지에 이르는 시기다. LG배와 후지쓰배 우승을 차지하고 나서 자만에 빠져 나 자신을 제대로 관리하지 못했고 노력 부족까지 겹쳐서 성적이 추락하기 시작했다. 그제야 문제를 느끼고 마인드 컨트롤로 나 자신을 다잡아보기 위해 노력했지만 한번 떨어진 성적은 쉽게 회복되지 않았다. 결국 더 이상 이래서는 안 되겠다는 위기의식 속에서 중국 리그에 참가하면서 각성과 자극의 계기를 마련할 수 있었다. 그리고 이런 위기를 겪으면서 예전과는 또 다른 관점으로 바둑을 바라볼 수 있게 되었다.

이전까지는 어찌되었든 바둑에서는 승부가 가장 중요한 관심사였지만 부침의 시기를 겪고 나서는 승부만이 바둑의 전부는 아니라는 사실

을 깨닫게 되었다. 승부를 떠나 대국을 준비하는 과정, 그리고 승부와
는 별개로 어떤 바둑을 두었는가 하는 내용이 승패 못지않게 중요하다
는 것을 느끼게 되었다. 물론 머리로는 예전부터 알고 있는 사실이었지
만 그저 알고 있는 것과 마음속으로 느끼고 깨닫는 건 분명 다른 차원
의 문제다.

가령 중요한 대국을 둘 때 아무리 사전 준비를 완벽하게 했다고 해도
사람인 이상은 실수나 착각을 하게 마련이다. 그리고 그 한순간의 실수
가 판을 그르칠 수도 있다. 하지만 '그래. 사람이 하는 일인데, 바둑에서
그럴 수 있지' 하고 나 자신이 납득할 수 있을 만한 실수나 착각으로 바
둑을 지는 것과, 도저히 용납되지 않는 어이없는 이유로 바둑을 지는 건
패배 후의 충격이나 후유증에서 차이가 무척이나 크다. 그렇기 때문에
대국을 승리로 이끄는 것도 중요하지만 그에 앞서 사전에 대국을 준비
하는 과정이나 마음가짐, 그리고 어떤 내용의 바둑을 두었는가 하는 점
역시도 무시하지 못할 비중으로 크게 다가왔다.

다른 사람들이 보기에는 대국을 앞두고도 별다른 준비를 하지 않는
것처럼 보이겠지만 대국이 있든 없든 항상 긴장을 늦추지 않고 꾸준한
마인드 컨트롤, 그리고 여러 가지 수를 생각하고 연구하는 과정을 통해
서 항상 최상의 감을 유지하기 위해 노력했고, 바둑을 둘 때는 이기겠

다는 생각과 함께 좋은 내용의 바둑을 만들어가기 위한 노력이 슬럼프에서 탈출해서 다시금 성적을 끌어올리는 원동력이 되었을 거라고 생각한다.

네 번째 단계는 휴직과 복직을 거쳐서 다시 새로운 출발을 하고 있는 지금이다. 정말로 정신없이 앞만 보고 달리다가 휴직으로 갑작스럽게 많은 시간이 생겼다. 비록 자의반 타의반으로 휴직을 하게 됐지만 돌이켜보면 지난날들을 찬찬히 되짚어보고 바둑과 삶에 대해서 생각해볼 수 있는, 분명히 의미 있는 시간이었다.

복직 이후에 바둑을 바라보는 관점도 예전과는 달라졌다. 소설이 작가의 창작품이고 도자기는 장인이 만든 예술품인 것처럼, 이제는 바둑을 프로바둑기사가 창조해낸 고유한 창작품으로 보게 되었다. 작가마다 각자 다른 개성과 스타일이 있고, 도자기 장인들마다 마치 자신의 지문과 같은 독특한 느낌을 도자기에 불어넣듯이 대국 하나하나에도 프로바둑기사 각자가 가진 개성과 스타일이 녹아들어 있다. 그래서 바둑판 앞에 앉은 지금의 내게 가장 중요한 것은 어떤 내용으로 나만의 고유하고 독특한 창작품을 만들어낼 것인가다. 후세에 명국으로 손꼽힐 만큼 많은 사람에게 공감과 인정을 이끌어낼 수 있는 멋진 뛰어난 창작품을 남기고 싶은 욕망 또한 그 어느 때보다도 강렬하다.

생각해보면 나이를 먹고 경험이 쌓여가면서, 좌절과 성공을 오가면서 나도 모르는 사이에 바둑도 삶도 변했다. 이런 변화가 지금까지는 그럭저럭 좋은 방향으로, 더 나아지는 방향으로 간 것 같아서 다행스럽다. 앞으로 프로바둑기사로서 얼마나 더 좋은 성적을 거둘 수 있을지, 그리고 또 어떤 일이 벌어지고 어떤 변화의 계기가 올지 나로서는 알 수 없다. 지난날을 거울삼아서 지금 나에게 주어진 상황에 충실하고 더 나아지기 위해서 노력하는 게 지금으로서는 최선일 것이다.

아직까지 나에게는 나 자신도 만족스럽고 사람들에게도 인정받을 만한 명국이 없다. 아직 내 바둑에 모자란 점이 많다는 의미일 것이다. 빈 공간에 바둑돌을 놓아 바둑판을 채워가면서 대국이 완성되듯, 내 안의 빈 곳을 하나하나 채우고 나의 바둑을 완성시켜가야 할 것이다.

소설가가 펜을 들어서 원고지에 한 글자 한 글자 써 내려가듯, 화가가 붓을 들어서 캔버스에 한 획 한 획 그려가듯, 나는 바둑판에 한 수 한 수 바둑돌을 올려놓을 것이다. 후대에까지 길이 남을, 그리고 모두가 고개를 끄덕이면서 예술적인 아름다움을 음미할 수 있는 멋진 명국을 만들 그때를 꿈꾸면서.

판을 엎어라

펴낸날	초판 1쇄 2012년 1월 5일
	초판 6쇄 2019년 9월 17일

지은이	이세돌
펴낸이	심만수
펴낸곳	(주)살림출판사
출판등록	1989년 11월 1일 제9-210호

주소	경기도 파주시 광인사길 30
전화	031-955-1350 팩스 031-624-1356
홈페이지	http://www.sallimbooks.com
이메일	book@sallimbooks.com

ISBN   978-89-522-1634-2 03810